Tudo que acontece aqui dentro

Júlio Hermann

Tudo que acontece aqui dentro

COPYRIGHT © FARO EDITORIAL, 2018

Todos os direitos reservados.
Nenhuma parte deste livro pode ser reproduzida sob quaisquer meios existentes sem autorização por escrito do editor.

Diretor editorial **PEDRO ALMEIDA**
Preparação **LUIZA DEL MÔNACO**
Revisão **ANA UCHOA**
Capa, projeto e diagramação **OSMANE GARCIA FILHO**
Imagens de capa **OPENEYED11** |**ISTOCK, BERRYCAT** | **CREATIVE MARKET**
Imagens de internas **ONE LINE MAN, MOQCCA, LEVSKAYAART, LECOSTA, JULYMILKS, GENZI** | **SHUTTERSTOCK**

Dados Internacionais de Catalogação na Publicação (CIP)
(Câmara Brasileira do Livro, SP, Brasil)

Hermann, Júlio
    Tudo que acontece aqui dentro / Júlio Hermann.
— 1. ed. — Barueri, SP : Faro Editorial, 2018.

    ISBN 978-85-9581-005-1

    1. Ficção brasileira I. Título.

17-07155   CDD-869.3

Índice para catálogo sistemático:
1. Ficção : Literatura brasileira 869.3

1ª edição brasileira: 2018
Direitos de edição em língua portuguesa, para o Brasil, adquiridos por **FARO EDITORIAL**

Avenida Andrômeda, 885. Sala 310.
Alphaville – Barueri – SP – Brasil
CEP: 06473-000
www.faroeditorial.com.br

*Amar é afogar-se com os próprios
sentimentos e continuar respirando.*

"Escrever é enfiar um dedo na garganta."

PODE ATÉ SER BONITO

Uma vez, num voo longo de um país a outro, enquanto lidava com o fim de um amor, li num dos meus livros preferidos o seguinte trecho:

Escrever é enfiar um dedo na garganta.

Depois, claro, você peneira essa gosma, amolda-a, transforma. Pode sair até uma flor.

Caio Fernando Abreu sabia bem o que fazer quando a dor se tornava insuportável a ponto de se fazer necessário o expurgo, contando para uma folha de papel tudo aquilo que sua alma sentia. Ele também fazia isso com a alegria extrema. Com a angústia. Com o desespero. Com o reflexo humano e suas muitas emoções que aparecem ao passar do dia.

Nesse mesmo voo, rabisquei num papel uma lista de coisas que faziam sentido no momento. Coisas a fazer, a esquecer, a lembrar pra sempre. Eu tinha que dar comida pros peixes dele. Tinha que avisar à mamãe que eu estava bem, mesmo com o sumiço repentino. Tinha que ir ao mercado e fazer as compras do mês, porque a vida continua. Tinha que separar umas roupas e deixar na portaria. Tinha que pedir as receitas do antialérgico manipulado que ficavam na escrivaninha dele. Tinha que processar isso tudo, mas pra isso eu precisaria mexer em tudo aqui dentro. Só que este não é um processo simples.

Além de tudo aquilo que já sabemos sobre as jornadas ao centro de nós mesmos, existem os impasses que nos impedem de chegar até lá. Vez ou outra, dizemos que não há nada a ser visitado. Tudo calmo, silencioso, quieto. Até que uma folha errada caia fora da árvore para fazer com que nos encontremos no meio de um tsunami emocional sem entender o que foi que originou aquilo tudo. E, se me permite dizer, geralmente foi o silêncio. O medo de dizer o que existe dentro. Ou então a falta de consciência em analisar a parte interior. Noutras vezes, o que nos impede de prosseguir com essa viagem é a clareza que temos sobre ela: é frio, feio, escuro, frágil. E nos ensinaram a vida inteira que era ruim ser frágil. Portanto, que valor teria admitir que, no fundo, nós não somos um amontoado de palavras e sentimentos bonitos o tempo inteiro? Existe a raiva, a amargura, os ciúmes, a falta, as saudades no meio de tanta coisa boa. E o próprio amor nos torna vulneráveis, abertos ao mundo e a alguém que tem o poder de chegar até o nosso centro.

É aí que Júlio Hermann entra. Com seu livro de estreia, ele consegue trazer uma visão quase inocente sobre o amor e as nossas fragilidades-que-não-são-facilmente-expostas. É um mergulho no mundo submerso dos sentimentos ora com leveza, ora com intensidade. Você relembra os amores juvenis e as saudades de distâncias pequenas, mas também se pergunta o que aconteceu com aquele amor todo que não existe mais. Você cruza algumas linhas que se interligam no passado dos amores que já teve com o presente das relações que estão vivas na sua memória, e ainda consegue vislumbrar um futuro de pessoas que quer conhecer para viver uma história igualzinha a dessas páginas. Você lê aquilo que sempre quis dizer a alguém — ou a si mesmo —, mas que nunca teve coragem de tirar de dentro de si. Você sorri, fica aflito, sente o estômago dando uma leve balançada, repensa algumas escolhas e segue para o próximo texto. Você passa por várias coisas que te ajudam no processo de remexer tudo aqui dentro. E, com sorte, talvez com a mesma sorte que eu tive, você descobre — antes do pouso da aeronave em solo desconhecido — que ler sobre o tudo o que você guarda aí pode ser bonito e reconfortante nas palavras desse guri. Pode sair até uma flor.

DANIEL BOVOLENTO
Autor de *Por onde andam as pessoas interessantes* e *Depois do Fim*

Depois da primeira vez

Depois de fotografar aquela garota em uma manhã de primavera, senti as coisas todas fugirem do meu alcance. Cada pequeno detalhe escapando e escorrendo pelos dedos. Me senti perdido dentro de mim também.

Depois do primeiro beijo, depois da madrugada na praça, depois do domingo no sofá, depois dos discos que a gente cantou aos gritos, pensei que as coisas nunca fossem mudar para nós dois. A única certeza que tinha era de que nada voltaria a ser como antes.

Não seria possível esquecer os sorrisos dela depois de tudo. Não seria possível guardar rancor nenhum de quem só me fez bem enquanto esteve aqui. Não seria possível deixá-la no passado, para isso, eu teria que me deixar por lá também.

As coisas são assim com todos os amores que vivemos ao longo da vida. Depois que a gente esbarra em alguma obra do destino, nunca mais voltamos a ser como éramos antes. Depois que a gente se despede na mesa de um café, sobra o gosto do espresso nos lábios. É uma lembrança insistente, e nós fazemos de tudo para não a esquecer.

De vez em quando, o tempo é maldoso e faz a gente se perder no meio do caminho. De vez em quando, o mundo inteiro parece se aglomerar dentro do peito para conseguirmos aquecer o outro com um sentimento que não seria possível sentir sozinho.

Enquanto ela ainda vive aqui dentro, enquanto eu ainda consigo me sentir abrigado toda vez que penso nela, transformo tudo em palavras para senti-la mais perto. Talvez um dia a verei voltar para minha vida, talvez um dia alguém volte para você também. Talvez ela nunca vá embora.

Enquanto isso, sobramos eu e esse monte de melodias que encaixo em cada história da gente que reescrevo. Eu canto as músicas enquanto elas cantam sobre mim também. Canto a saudade e uma certeza gigante de que sou um alguém melhor depois de tê-la conhecido.

Pode ser que ela volte na semana que vem. Pode ser que nunca volte.

Eu, no entanto, jamais voltarei a ser quem era antes dela. E para falar a verdade, nem gostaria de voltar a ser.

Enquanto espero você chegar

SNOW PATROL
CHASING CARS

Tô preparando duas xícaras de café e deixando um pouco de carinho ao lado do açucareiro. Vou arrumando a mesa com uma toalha florida brega que chega a dar vergonha de mostrar pra alguém, mas eu sei que você não se importa. Não se importa e diz que a gente é assim mesmo. Vai escondendo do mundo aquilo que não tá na moda nem combina com os nossos horários e o nosso modo de ver a vida. Acho que não combina com a gente e com ninguém lá fora essas armaduras que vestimos para nos mostrarmos emblemáticos, franco-atiradores como quem não apanha na vida.

Tô deixando a toalha molhada em cima da cama e esqueci de pendurar pra secar, vai ficar tudo ensopado depois e eu prometo que peço desculpa pelo descuido e por ter molhado teu lado da cama, mas tá tudo bem pra você. Tá tudo bem porque a gente não merece esquentar a cabeça com essas coisas, você diz, quem sabe a gente se aperta e fica numa conchinha improvisada no lado seco, usa o descuido com as coisas pra cuidar um pouco de nós mesmos. Deixa o contato pele com pele mostrar que tudo fica bem depois e a parte ruim seca, basta se deixar aquecer enquanto espera passar.

Tô deixando as chaves na cabeceira e pedindo pra não trancar as portas, já deixei avisado com o porteiro que não precisa de ligação nenhuma nem perguntar se ela pode subir, não precisa de atestado nenhum que permita você entrar na minha vida. Prometo que vou deixando tudo organizado pra quando você resolver chegar e botar a mão nos meus ombros, dançar uma balada lenta na varanda da sala e assistir à chuva cair numa quinta-feira friorenta lá fora.

Tô pegando uns jogos de tabuleiros pra gente se conhecer aos poucos e brotar aquela sensação de que conseguimos mapear o corpo inteiro do outro pra se enxergar no escuro. Dá pra sentir no tato, dá pra notar no paladar o gosto de vinho na saliva depois do jantar e dá pra sentir no jeito que a pele gruda com o suor dos dois. Dá pra sentir os dois corpos nus se abraçando feito imã e gargalhando do descuido do universo em deixar a gente se encontrar.

Acho que uma das coisas mais bonitas é a maneira com que vamos enfeitando a alma enquanto esperamos alguém chegar.

Tô bagunçando as almofadas do sofá para pairar no ar um cheiro de desleixo que não deixe na cara que eu tava te esperando. Comprei dois ingressos pra um festival de verão na beira da praia, talvez a gente se encontre por lá, talvez eu te encontre amanhã e você venha se arrumar aqui em casa. O espelho é grande e o afeto dá pra dois se você sentir que conseguiremos levar isso com algum carinho daqui pra sempre.

Tô te esperando com café e carinho, com um monte de detalhes desimportantes e defeitos irritantes que fazem a gente colar um no outro. Tô com aquela pressa lenta de quem sabe que nada mais vai voltar a ser singular depois que não dermos bola pra chuva molhando os sapatos e respingando pro lado de dentro da sala numa quinta-feira qualquer.

Desculpa se estraguei o início da história pra você

H oje me bateu um vazio estranho aqui dentro e isso tá acabando comigo, sabe? Eu invento pra você e pros outros um discurso de que tô bem, que é só cansaço e que depois eu durmo e me livro dele. Mas é mentira, não me livro porque não é meu corpo que precisa descansar, é meu coração. Eu até já decorei um discurso de autossuficiência pra justificar pros outros essa minha solidão toda, e quando falam sobre relacionamentos eu invento umas desculpas bobas sobre *timing* e sobre como eu me sinto bem sozinho. Bobagem. Hoje mesmo, mais cedo, eu tava observando as estrelas e me bateu uma saudade gigante de você.

Você foi a primeira pessoa que reparou nas minhas covinhas. Elas são teimosas e meio tímidas, não aparecem em qualquer situação, mas sempre dão as caras quando eu me perco em um sorriso bobo. E eu não consigo me sentir assim se não for com você. Porque você foi a primeira pessoa que mexeu no meu cabelo e eu não senti incômodo nenhum com isso, na verdade, até me senti bem. Era como se eu tivesse descoberto no teu cafuné alguma válvula de escape da realidade, sabe? Sempre gostei do jeito que a tua mão tocava na minha e de como você me olhava. Você me devorava por dentro e eu queria, por favor, parar o tempo antes que ele parasse com a gente. Queria poder estagnar o mundo naquele momento pra te ter aqui pra sempre. Mas eu não consegui.

Eu questiono o tempo sobre esse nosso afastamento. Será que isso tudo é necessário mesmo? Porque eu sinto um medo gigante de que seja, de que a gente se afaste por completo e eu desabe de uma vez por todas. Não consigo mais imaginar o que seria de mim sem a esperança de ter você aqui de novo. Nem em casa eu me sinto mais em casa, e eu sei que é porque não tem você. Louco, não?

Noite passada eu desabafei com o meu travesseiro e contei pra ele o quanto você foi a melhor pessoa que eu conheci em toda minha vida. Você lembra daquele dia em que você correu de mim na praça? De pés descalços no meio da selva de pedra. Eu transformava os prédios em lírios pra sentir a gente dentro de uma daquelas cenas bonitas de filme que terminam com um beijo desajeitado e um sorriso bobo. Daqueles que a gente acha ridículo até se apaixonar e perceber o quanto é bonito. Daqueles que eu sempre neguei e condenei no meu discurso de autossuficiência, e que daria tudo pra viver de novo com você. E no fim da nossa corrida não tinha uma toalha xadrez perfeitamente mal estendida e uma cesta de piquenique. Tinha só um bêbado que a gente tentou ajudar e – cacete – até isso foi incrível. Como tudo fica bonito quando eu tô do teu lado. Talvez eu tenha essa mania de romantizar tudo, não sei, mas acho que você me entende. Pelo menos uma vez você disse que entendia.

Eu nunca te disse, mas eu ainda guardo a pulseirinha daquela festa no meio do meu livro favorito. Nunca tive coragem de jogar fora qualquer fragmento de nós dois. Não contei isso pra ninguém, mas eu nunca gostei de alguém assim. A rotina tem me massacrado, mas dia desses, quando você se desocupar, quando você se livrar um pouco das tuas obrigações todas, eu passo aí só pra te dizer o quanto eu te quero bem e pra te lembrar que ainda tô aqui se você quiser tentar de novo.

Eu nunca entendi direito esse medo de nós dois, e por isso eu te peço: desculpa se estraguei o início da história pra você. Porque no fim das contas eu espero que, de verdade, esse seja só o início mesmo, e que essa nossa história dure bem mais do que isso. Que esse hiato seja só uma daquelas coisas que a gente vai lembrar depois, enquanto ri entre um gole de cerveja e outro. Porque foi nesse nosso hiato que eu descobri que te amo pra caramba.

Você foi a primeira pessoa que mexeu no meu cabelo e eu não senti incômodo...

até me senti bem, como válvula de escape da realidade.

Obrigado por expulsar meus demônios

JESSIE WARE
SAY YOU LOVE ME

Desculpa o silêncio que fica entre uma sílaba que eu te digo e outra, é que eu não consigo imaginar uma situação em que esteja só você e eu e não me sinta bobo, perdido na curva e sem um norte. É que eu tremo todo quando tô do teu lado, porque parece que as feridas de uma vida toda, todas as marcas profundas que ardem há um bom tempo, simplesmente estremecem e parecem desaparecer quando eu tô com você. Porque você não pressiona os meus cortes e as minhas dores, você dá um sopro leve e suficiente pra levar embora com o vento essas coisas todas que me atormentam.

Eu convivo com um monte de demônios particulares, meu bem. Demônios dos outros que ficaram quando eles se foram e só deixaram essa coisa que me causa angústia. Demônios de quem passou e não deixou lembrança boa alguma, só aprendizado e tormento. E uma hora isso sobrecarrega e fica difícil conviver. O fardo pesa, sabe? Não sei qual é o feitiço ou a simpatia, se é truque ou encanto, mas quando você tá aqui eles voltam todos acuados pra dentro da toca, todos fragilizados e sem forças pra me atormentar, porque parece que você tem alguma coisa que me liberta deles.

Quando eu tô do teu lado meu peito descompassa. Não é medo, é pra acelerar o meu batimento com o teu. Pra me sentir seguro. Pra perceber que eu não caminho sozinho. Meu peito descompassa e o corpo inteiro também. Ele treme bobo. Limita os movimentos que é pra não te assustar. Impede o canto da boca de voltar e desfazer o sorriso que surge involuntariamente quando eu tô do teu lado. Vê o mundo e as pessoas todas passarem devagar, porque o tempo para e o mundo desacelera quando eu tô contigo. Põe a mão no meu peito e sente a pulsação firme e que me firma longe dos demônios todos, que entrega de bandeja esse meu jeito desajeitado que se desconstrói todo quando você tá aqui.

Sussurro no teu ouvido, com doses de silêncio entre uma sílaba e outra, um verso que te faça bem e que te liberte dos teus demônios. É que é pra ver se o teu peito também descompassa e sincroniza os batimentos com os meus. Pra ver se você sente o descompasso e se esquece do mundo. Pra ver se você se desliga das outras coisas todas enquanto me olha e percebe alguma coisa nesse meu jeito meio bobo e meio acuado de quem já passou por tanto e convive com tantos tormentos que se perdem e voltam pra toca quando eu tô contigo. Pra ver se você gosta de mim e percebe o que eu já percebi.

Hoje somos só eu e a solidão

CHET FAKER
I WANT SOMEONE BADLY

Não demorou muito para eu sentir um vazio rasgando o peito e um sentimento imenso de impotência tomar conta de cada centímetro quadrado do meu corpo. Não demorou pra que o chão fosse embora de uma vez por todas, como se alguém arrancasse as coisas todas debaixo dos meus pés e eu caísse em queda livre. E só caísse, sem que nada pusesse fim nessa coisa estranha brotando aqui dentro.

Ela disse que não pode. Nem amanhã, nem depois. Disse que não sabe quando vai dar e que precisa revisitar a agenda pra tentar encaixar quinze minutinhos que seja. E não é que eu seja possessivo ou paranoico o suficiente pra não conseguir entender as obrigações alheias, é só que eu sei. Todo mundo sabe quando surge alguém novo na vida de quem ainda amamos. Todo mundo sabe quando a recusa berra na cara uma resposta que a gente nunca aprendeu a ouvir e nem vai. É só que ela encontrou alguém no meio do caminho ou quando virou a esquina. É só que eu queria tentar só mais essa vez para confirmar que a mãe dela está certa e que nós realmente podemos dar certo juntos.

A sensação é a mesma de acordar no meio da noite por conta de um sonho ruim. Um pesadelo desses em que o corpo vai fraquejando e vamos perdendo o controle consciente sobre cada pedacinho da gente. Brota um vazio dentro do peito, os órgãos vão se corroendo em um ácido imaginário que faz as costelas ficarem pesadas. É difícil controlar o peso e as contrações involuntárias, o jeito com que os músculos vão sendo pressionados por alguma coisa que vem de dentro e a medicina não explica, mas a gente jura que é medo. Eu juro que é saudade. Pelo menos nesse caso. Pelo menos quando se trata dela.

Ela disse que não sabe quando vai dar, mas vai olhar os horários pra ver se consegue encaixar alguma coisa na agenda. Não crio expectativa e me abraço na dor, quase que com algum afeto, quase que com algum carinho, tentando tirar proveito disso tudo para me sentir um pouco mais humano. Bobagem, quem é que se sente vivo quando o peito rasga em saudade e angústia por não ter quem se ama ao lado? Me sinto um pouco mais morto. Pelo menos por dentro. Pelo menos enquanto tento assimilar a coisa toda pra ver se entendo que o carinho na semana passada não era sinal nenhum para eu insistir um pouco nisso tudo e tentar ser um pouco mais feliz.

Não demorou muito para sentir um vazio atravessando o peito e me deixando impotente dos pés à cabeça. É que eu sei, a gente sempre sabe quando alguém novo surge na vida de quem a gente ama. O problema é ir dormir como se tudo fosse normal, como se isso fosse natural. O problema é enfiar nessa cabeça dura e fazer o peito entender que dessa vez o café e a mesa vão ser pra um, doutor, hoje ela não vem. Dessa vez sou só eu e a solidão. Só eu e uma reza brava e egoísta que pede pra que eles não deem certo do jeito que a mãe dela jurava que a gente ia dar.

Me acorda pra vida

KODALINE
BRAND NEW DAY

Me manda calar a porcaria da boca. Assim mesmo, de um modo agressivo que me faça parar de falar por conta do susto. Só para eu baixar os olhos e prestar um pouco mais de atenção na vida ao ergue-los. Acho que preciso de um soco desses no rosto para reparar um pouco mais na vida se movendo e vasculhar minha sanidade.

Me coloca pra baixo, baixo mesmo, a ponto de eu precisar pegar tudo o que é meu e socar dentro da mala, mas não me olha assim se não for para continuar empurrando a gente pra frente. Uma vez me levaram com a barriga longe demais, demorei longos e tortuosos quatro meses para voltar pra casa. Quando abri a porta nem sabia mais onde ficavam as chaves de luz. Nem tinha certeza de que me sentiria tranquilo outra vez.

Me pede para levar guarda-chuva, mesmo que na previsão diga que não vai chover. Só não me deixa sair de casa vulnerável desta vez também. Saí uma vez e fui pego de surpresa. Acabei destroçado, fisicamente esgotado e com um fardo grande demais para segurar nas mãos. Pensei que voltaria, mas não foi bem assim.

Crava no meu peito uma arma branca, mas não me deixa tecer uma série infinita de sentimentos se eu precisar senti-los sozinho. Acho que tô crescidinho o suficiente para digerir uma recusa sem achar que vou morrer. Vai doer na primeira noite, a sensação será a mesma de engolir uma garrafa inteira de uísque com dor de garganta. Mas a dor vai ter amenizado na manhã seguinte.

Me segura pelo braço e atira na cama-parede-chão-sofá-da-sala-aparador da porta de entrada, mas não me tira do meio disso depois de eu já ter me jogado de cabeça, porque uma hora eu mergulho e esqueço de colocar o colete salva-vidas. Desço até a droga do fundo do mar, rio, lago sei lá o quê pra ver se encontro o exato ponto em que minha âncora resolveu cravar estadia.

Vê se berra, grita alto no meu ouvido e esquece esse papo de me acordar de mansinho. Me deixa sentir raiva, arrancar cabelo, morder travesseiro e bufar até ficar com as veias todas do rosto aparecendo, mas não me deixa dormir pra vida. Não me deixa fazer nada que faça a vida virar do avesso, desde o exato instante em que você disse que me amava pra cá.

Lembrei de você

SKID ROW
I REMEMBER YOU

Num dia desses, veja bem, num dia desses me peguei revirando os álbuns e olhando cada fotografia com um carinho que nunca existiu antes. Era uma quinta-feira, se me lembro bem, e sentei para ver a lua logo depois de tirar a mesa e levar o cachorro pra passear no parque. Cutucou alguma coisa estranha aqui dentro pouco depois de eu sentar na beirada do sofá e revirar você.

Me lembrei do que me contaram nesta semana e no quanto sorri bobo quando falaram de você. Subiu uma alegria bonita em saber que está bem, subiu uma sensação de calma por saber que as coisas estão todas no lugar. Só começou a doer uns dias depois, só começou a pinicar e a fazer coceira aqui dentro quando sentei e peguei o álbum do fim do ano passado e encontrei um retrato de você com os pés descalços no meio de uma praça quando já era madrugada, quando encontrei um registro seu sentada no parapeito da varanda, com uma das pernas para o lado de dentro e o violão no colo.

Não sei se minha memória é seletiva demais ou se eu realmente não aprendi a guardar rancor nenhum. Até quando você me disse que não conseguia sentir ternura, consegui sentir queimando nos meus olhos a culpa que você sentiu quando baixou os seus e desistiu de lutar. Me senti culpado pra caramba na hora, como se atasse cada um dos seus membros em um amor que já não cabia no teu peito.

Lembrei também de ter te encontrado na rua num fim de semana qualquer. Consegui fotografar o teu rosto queimado e te enxergar rindo por ter esquecido o protetor. Consegui te encontrar com um sorriso que dizia que tudo vai bem com a gente depois de tanto tempo sem se ver. Não lembro direito quando foi que nos perdemos, mas fiz uma prece ali para que voltássemos a ser um pouco do que fomos um dia.

Ainda naquele dia, senti uma alegria estranha quando botei os pés para dentro de casa e tirei os sapatos. Acho que foi uma saudade gostosa. Caiu a ficha de que existe alguma história bonita no meu passado, existe alguém que passou por aqui e fez estadia. Foi embora, sim, mas deixou coisa bonita pra caramba antes de encostar a porta.

Depois de olhar o álbum inteiro e enxergar você, a menina do violão, resolvi colocar mais uma vez os porta-retratos no lugar. Só para dar um pouco mais de vida para a sala. Só pra tirar um pouco do ar essa sensação de que não mora ninguém além de mim aqui. Mas a parte boa é que aqui não sobra solidão, divido os cômodos com uma lista inteira de memórias e de registros do que a gente fez na beira de um lago.

Num dia desses, veja bem, num dia desses a gente se encontra e eu agradeço por isso. Num dia desses pego os álbuns mais uma vez e sorrio por saber que tem um pouco de você ainda por aqui.

Não morra engasgado

ADAM LAMBERT
WHATAYA WANT FROM ME

Sabe uma coisa que deve doer pra caralho? Morrer engasgado. E quando digo morrer engasgado, não é morrer com alguma coisa que te fecha a garganta, prende a respiração e faz tossir, mas com algo que ficou entalado e vai perfurando feito britadeira um pouco mais embaixo, do lado esquerdo do peito. Morrer, nesses casos, é ver alguém partir.

Aprendi com Daniel Bovolento — e com a vida — que "quando a gente não diz o que sente, o outro vai embora sem saber que talvez tivesse um motivo pra ficar". Aprendi depois de ver um bando de gente passar por mim enquanto eu me mantinha calado esperando o tempo passar. Aprendi depois de virar passado para um monte de gente também.

A verdade é que nenhum de nós tem bola de cristal — nunca sabemos o que o outro sente até que ele diga. E demonstrar interesse em tempos como os de hoje é sentença de morte, é suicídio sentimental e autossabotagem. Mas tem um monte de coisa errada, gente. Autossabotagem é a gente morrer engasgado, vendo a pessoa partir, mas ficar com um livro entalado na garganta pronto para sair e que permanece em silêncio por medo de ser dito. É ver alguém partir e ter que conviver com um nó embrenhando na garganta e criando raiz um pouco mais embaixo.

Não tem remédio pra isso.
Não tem Rivotril que dê jeito.

O problema nisso tudo é que se remamos contra a maré, vomitando as coisas todas pra não morrer engasgado, somos tachados de atirados. Mas qual o problema em dizer pro outro o que a gente sente? Qual o problema em cair de cabeça em águas profundas e convidar o outro pra navegar junto? Já passou pela cabeça de vocês que o outro pode estar com um remo na mão esperando o convite pra encarar as ondas com você? A verdade disso tudo é que esse é um problema universal. Todos nós passamos por isso porque todo mundo já sofreu por medo de rejeição.

Todo dia um bando de gente tem passado porque não tinha um motivo pra ficar — ou tinha, mas não viu. Todo dia um bando de gente fica sozinha na orla, porque não vomitou o que sentia por medo de se atirar no mar, por medo de dar de cara com uma onda que o engula e leve o remo embora. Todo dia um bando de gente morre engasgado — e não deve haver nada pior do que morrer engasgado. Deixar alguma coisa entalada na garganta nos faz acordar todos os dias com o pensamento em uma coisa que poderia ter sido e não foi.

Se eu pudesse deixar um conselho: se atira, gente. Se atira, que é melhor encarar um naufrágio do que o espelho toda manhã, convivendo com o que não é e poderia ter sido, só que não tentamos para saber. Se atira, que lá embaixo, nas profundezas, o mar é mais bonito. Se atira que encarar as ondas é bem melhor do que permanecer assistindo a tudo da orla e vendo o barco ir embora. Se atira, que morrer engasgado deve doer pra caralho, e do outro lado pode ter alguém com o remo na mão te esperando pra navegar.

Eu parei de esperar por gente que me esqueceu lá atrás

TROYE SIVAN
THE FAULT IN OUR STARS

A tortura mais dolorosa pra mim sempre foi a de lembrar e querer tanto alguém que não se pode ter a ponto de fazer o próprio universo girar em torno da tal pessoa. Perdi noites e mais noites de sono planejando uma série de encontros que nunca aconteceram, vi o mundo inteiro escorrer por entre os dedos e acreditei tanto em uma fé particular de que as coisas um dia voltariam para o lugar que uma hora passou. Esperei tanto o tempo passar enquanto encarava o mundo correr na frente dos meus olhos que o sentimento passou também.

Das noites mal dormidas, das viagens para a faculdade com o rosto escorado no vidro do ônibus, das horas de trabalho perdidas com o queixo apoiado na palma da mão e os olhos encarando o nada, das madrugadas viradas pesquisando para economizar no valor da passagem, a única coisa que sobrou foi um corpo que já não abriga a mesma pessoa.

É engraçado pensar desse modo porque parece que a gente deixa de ser a gente quando percebe a mudança. Foi um pouco de troca de hábitos, troca de planos para o fim de semana, troca de pessoas com as quais dividir alguma coisa num fim de domingo, troca de rotina quando eu percebi que o mundo parecia programado demais.

De uns meses para cá eu já não consigo pensar nela como pensava antes. Não penso em pegar o carro e encontrá-la na saída da faculdade, não penso em virar madrugada escrevendo uma carta bonita pra lembrar alguém da minha existência. Não penso mais em ajustar a agenda porque eu sei que nunca vai haver espaço pra mim do lado de lá. Penso um bocado menos nela, pra falar a verdade. Penso um bocado mais em mim também.

No meio dessa troca lenta de vida, entre o gostar tanto de alguém e o voltar a gostar mais um pouco de si, eu ainda lembro dela toda noite enquanto volto pra casa. Lembro dos encontros no meio da tarde, lembro das manhãs de outono que a gente dividiu na selva de pedra. Lembro de uma série de coisas que deixaram de ser palpáveis e de fazer parte daquilo que eu quero para mim daqui pra frente. Lembro que talvez eu não queira nada de volta também.

Hoje eu tô voltando pra casa. Tô voltando a ser um pouco mais meu depois de tentar emprestar uma versão melhor de mim para alguém lá fora.

Nós perdemos vidas demais nos esforçando pra sermos pessoas boas para os outros enquanto deixamos de ser bons pra nós mesmos. Hoje eu sou um pouco melhor pra mim. Hoje eu seguro na mão do mundo e corro com ele por aí, sem essa insistência chata de esperar e esperar e esperar só mais um pouco por alguém que me esqueceu lá atrás.

Depois que a encontrei

Dois ou três dias depois de tê-la visto pela última vez, a única coisa que eu conseguia pensar era no desenho dos seus olhos. Na pele se enrugando logo ao lado dos olhos todas as vezes que ela sorria. Pensava nos tons de escuro e no tanto de vontade que eu tinha de me jogar com os dois pés colados naquele precipício.

Foi um pouco antes de reparar nos olhos que eu notei a forma como ela apoiava as mãos sobre a mesa. Já nem lembrava mais que tinha espaço dentro de mim pra tanta saudade e tanta agonia antes de ela aparecer. Em que canto esquecido do meu peito eu guardava aquela certeza inocentemente torturante de que talvez eu nunca voltasse a sorrir outra vez. Acho que fui mandando um pouco disso embora em cada gole de café que eu bebia enquanto olhava pra ela. Acho que fui me deixando para trás na esperança de ser um alguém novo e melhor também.

Lembro disso enquanto escrevo o nome dela no pulso pra me sentir um pouco mais seguro. Retoco a tinta da caneta depois de lavar as mãos só pra não me esquecer dos sorrisos todos que eu tenho dado depois do dia em que nós nos esbarramos na praça. Lembro de ter abraçado e erguido os dois pés dela do chão. Lembro de ter rodado umas duas ou três vezes, mas não lembro de ter ficado tonto. Não tenho enxergado nada fora do lugar desde que permiti que ela fizesse brotar alguma coisa bonita aqui dentro.

Fico pensando nessa saudade apressada que eu comecei a sentir antes mesmo de trazê-la pra morar em mim, antes mesmo de saber se ela aceitaria dividir um pouco das coisas que a gente vai ser daqui pra frente. Fico rabiscando no canto do guardanapo as marcas que o sorriso dela deixa logo no canto dos lábios. Fico desenhando a pinta do lado direito do peito e os traços que eu consigo registrar enquanto fecho os olhos e me lembro dela.

Gravei no braço esquerdo um outro trecho, só pra não me esquecer que ela foi abrigo. Acho que ela entendeu a referência quando eu disse que me sentia mais seguro assim. Sorriu logo depois de ler as marcas no braço, baixou os olhos e me abraçou como se sentisse alguma coisa bonita também.

Fica passando uma série de filmes na minha cabeça, não consigo manter o foco no trabalho e em coisa nenhuma que não fale do abismo escuro que são os olhos dela. Sinto uma vontade oceânica de me atirar ali outra vez. Sinto uma vontade gigante de ver as rugas se formando logo ao lado da pupila e dos traços que contornam o sorriso. Sinto alguma coisa fazer barulho aqui dentro de um jeito que eu nunca senti antes de ela aparecer.

Café

KODALINE
ALL I WANT

Ela me abraçou e perguntou se eu queria café. Eu já havia tomado dois espressos e o estômago estava prestes a reclamar, mas eu não me importava muito com isso, só pedi que trocasse o açúcar por um pouco de carinho. Ela sorriu e disse que eu parecia protetor demais quando colocava os braços por cima dos seus ombros e a abraçava. Mas também parecia um cara bom. Não queria perdê-la. Não queria nunca mais sair dali também.

Lembro disso enquanto olho no relógio e me dou conta de que são dezenove horas em ponto. Logo eu, que nunca me importei tanto com o tempo, tenho reparado mais no movimento dos ponteiros ultimamente. Tenho reparado mais nas horas do dia e na hora em que a gente havia marcado de se encontrar. Entendo dos compromissos que ela desmarcou para me ver, dos compromissos comigo que precisou deixar de lado para colocar uma pilha de papéis do trabalho em dia outra vez. Entendo uma série de coisas que foram nossas por um tempo, mas agora já não são mais, só não entendo quando é que foi que a gente se perdeu.

Você já acreditou nas coisas que sentia a ponto de pensar que fosse durar para sempre? Pensei tanto que seria com ela, pensei no sorvete coberto de chocolate num sábado qualquer, pensei em pegar na mão dela no meio de um café movimentado para agradecer a companhia, e acabei esquecendo de olhar em volta. Esqueci do monte de coisas que giram enquanto o mundo gira também. Esqueci de perguntar se ela aceitava ajuda para estudar ou catalogar a pilha inteira de documentos por datas. Esqueci de trocar a data no calendário antes de tudo acabar.

Parece que alguém inverteu as engrenagens e hoje eu volto no tempo. Volto a colocar duas xícaras na mesa pensando que ela vai chegar no fim do dia. Volto na varanda pra ver se encontro o carro dela virando a esquina e entrando na garagem. Volto no café e na praça em que ela me levou pra fazer piquenique. Volto e revisito o afeto todos os dias, releio as cartas e reparo na mania bonita que ela tinha de estender as vogais toda vez em que me escrevia, revejo as fotos e me pergunto se hoje ela descansa a cabeça num outro peito que não o meu quando o mundo aperta lá fora.

Ela me abraçou e perguntou se eu queria café. Perguntou um pouco antes de dizer que nesse fim de semana não vai dar, tem uma pilha inteira de documentos que ficaram para trás enquanto a gente se preocupava com a quantidade de açúcar em cada uma das xícaras. Perguntou enquanto dizia que nos veríamos na semana que vem, que nada iria mudar nesse hiato de tempo programado para separar nós dois.

Sobrou carinho e hoje parece que alguém inverteu minhas engrenagens. Volto nos lugares em que fui com ela, reviro as fotografias enquanto queria mesmo era revirar o tempo. Volto a fazer um monte de coisas minhas que foram inteiramente dela por um tempo. Se a vir no meio do caminho, meu peito vai ter um pouco mais de tempo pra sobreviver.

E se não for eu?

ADAM LAMBERT
AFTERMATH

Faz exatos quatro dias que não a vejo. Noite de quarta-feira e eu aqui, com o pensamento em um sábado que nunca terminou dentro da minha cabeça. Olho para a televisão, troco de série na programação. Uma comédia romântica que me faz imaginar e ir um pouco mais além em dezenas de teorias dentro da cabeça. Faz tempo que as coisas não se locomovem assim.

Na verdade, nem parecem se locomover. Eu quis ligar quando cheguei em casa naquele dia, mesmo que quinze minutos antes eu a tivesse deixado na portaria do prédio e soubesse que nada de ruim aconteceria no caminho até o apartamento. Quis ligar no outro dia pela manhã, mas já era quase meio-dia quando acordei e não quis atrapalhar o almoço de família que ela disse que ia. Quis mandar sinal de vida duas horas depois, mas assim como fiz nos dias até aqui, resolvi esperar.

Fico nessa inquietação, sozinho no meu canto, porque não sei exatamente o que tem acontecido. A gente nunca sabe, eu acho, mas parece que desta vez eu sinto medo. Eu, que sempre dou um jeito de manter as coisas vivas no dia seguinte — mesmo que seja chato e a pessoa queira um tempo de mim —, tô aqui calado, como se estivesse fazendo um jogo barato de sedução que não faz bem a ninguém. Penso se ela lembra do fim de semana ou se já me esqueceu.

Tenho medo de mandar uma mensagem no meio da noite e acordar na manhã seguinte com um recado avisando aos berros que não vai dar ou perguntando quem sou eu. Tenho medo de esperar no saguão no prédio quando ela chegar pra almoçar ao meio-dia e a encontrar sorrindo enquanto diz outro nome no celular. Tenho medo de chegar de surpresa no fim da tarde e o porteiro me perguntar se sou o fulano que a chamou para jantar e ficou de pegá-la em casa naquela noite. Não sou.

Lembro de ter sentido ternura no olhar dela e de aquele momento ter sido bonito. Lembro de quando ela coçou a mão esquerda e disse que sentia alguma coisa remexendo dentro dela. Lembro de quando ela disse para eu falar mais da família porque tava bonita a história. Ela queria um dia conhecer cada um dos nomes sem face pra entender um pouco melhor como um enredo tão sofrido terminou tão bem no fim.

Deixa pra lá... amanhã de manhã eu ligo ou mando uma mensagem, só para saber se ela dormiu bem. Digo que dormi bem também, se ela perguntar. Digo que passei a noite assistindo a séries na tevê e lembrei dela na hora dos comerciais. Se sentir coragem, lembro de dizer que ela não sai da minha cabeça desde a última vez que a vi.

Amanhã de manhã mando uma mensagem, só para saber se ela dormiu bem. Se sentir coragem,

direi que ela não sai da minha cabeça desde a última vez que a vi.

Mesmo que tenha ficado lá atrás

E is que lá pelas tantas as vontades se dissipam e tudo vira poeira. Não fomos dessa vez, não acontecemos nas últimas quatro tentativas também. Pra que insistir no que não vai fazer bem para ninguém?

Retorno as ligações, respondo as mensagens no meio da madrugada, mantenho as coisas frias do jeito que estão. Não é medo de sentir esquentar e queimar a ponta dos dedos, é cuidado. Um pouco de cautela aqui, um pé atrás logo ali e as coisas vão ficando assim. Só vão ficando. Até que ficam por inteiras.

Quando acontece, parece que um mundo se abre na frente dos olhos. Aparenta estar tudo vazio, aparenta estar tudo cheio demais. Paradoxo indecifrável para quem precisa redescobrir como fazer outra vez. Algo para se guardar no peito, outro punhado para deixar no passado. Me disseram, veja bem, me disseram lá no início que não valia a pena amar. Mas amor é tudo o que eu levo depois de precisar desconstruir uma realidade inteira durante o caminho.

Quando esse momento chega, no exato instante em que percebemos que não vale a pena insistir, parece que todos os planos de uma vida mudam. Permanecem os desejos, permanece a vontade de conhecer o extremo sul da Itália em um inverno em que o orçamento colaborar. Mudam-se os filmes. Pessoas são recortadas das nossas cenas e tudo passa a ser inteiramente nosso. A gente.

Às vezes procuramos alguém para preencher os espaços deixados porque o vazio incomoda. Às vezes o vazio preenche tanto que somos nós por nós mesmos e tudo fica bem.

Passa tempo, passa vida, passa uma infinidade de instantes e tudo parece estar bem com a gente. Mesmo que não da mesma forma. Mesmo que tenha ficado lá atrás.

Eis que lá pelas tantas, quatro ou cinco da manhã, eu resolvo colocar o celular no silencioso para não precisar responder até o dia seguinte. Para não precisar deixar presente o que já ficou para trás.

Precisamos nadar contra a correnteza

BAD ENGLISH
WHEN I SEE YOU SMILE

Dia desses a gente se encontra e eu te conto que a minha reza antes de dormir tem sido pra você. Que eu vago todos os dias pra ver se esbarro contigo em algum lugar. Que te enxergo de uma maneira tão bonita no horizonte e que é por isso que eu espero o pôr-do-sol. Você já percebeu como é lindo quando a noite cai e a cidade dorme? Dormem as obrigações e dormem as angústias, dormem as tristezas e dormem as certezas. Durmo eu com o pensamento vidrado em você.

Você ri de uma maneira tão bonita quando fica sem jeito que faz com que eu fique sem jeito. O amor deixa a gente meio bobo mesmo. É bobo e ainda assim é bonito. É lindo, na verdade, porque tudo ganha um pouco mais de cor e a gente começa a nadar contra a correnteza. A aquarela fica mais colorida e a gente até se esquece das feridas, esquece o que arde e o que corrompe a gente por dentro. Esquece as dores e as promessas todas de quando a gente bateu com a cara no muro pela última vez e jurou pra si mesmo que nunca ia se envolver com alguém da mesma forma que se envolveu com quem se foi. E ainda bem que foi. Se não tivesse ido, eu nunca teria esbarrado com você.

Acho que é sempre isso mesmo: a gente nadando contra a correnteza. Porque a correnteza tortura, leva a gente com as angústias todas e carrega pra um lugar que atormenta. Ser levado pela água é horrível. Até dá pra tentar se segurar, tentar encontrar alguma pedra em meio ao rio, mas a corrente é mais forte que a gente. O corpo fraqueja e aí a gente se entrega. Só que quando nos apaixonamos, deixamos a boia e o que nos sobrecarrega de lado e nadamos contra a correnteza. Contra as pessoas e contra o fluxo. Contra as angústias e contra a certeza de que se apaixonar de novo seria o mesmo que naufragar. E aí a gente percebe que naufragar é o mesmo que desistir do amor.

Dia desses a gente se encontra e eu te conto que todas essas metáforas que eu crio sobre o amor são sobre você. Conto também o quanto valeu a pena nadar contra a correnteza pra te encontrar. Conto o quanto eu vago e nado por aí pra ver se encontro abrigo em você. Você me abriga? Se me abrigar, a gente senta na proa e olha o pôr-do-sol. E vai sobrar só nós dois no rio contra a correnteza.

Foi melhor deixar para lá

BRIGHT EYES
FIRST DAY OF MY LIFE

O que eu queria de verdade era dizer para ela um monte de coisas. Mas diálogos não são hipotéticos. As pessoas não falam da maneira que pensam. Não conseguem desconstruir metáforas da mesma maneira que as constroem na cabeça. O mundo era mar e a gente era um navio fadado ao naufrágio – mesmo que eu não acreditasse nisso. Como se já não tivesse naufragado e soubesse que era tarde demais.

Ela bateu aqui em casa e se esqueceu de perguntar se precisava tirar os sapatos antes de pisar no tapete. Não precisava, mas fiquei incomodado com a falta de cuidado. Me levou prum bar em uma quinta-feira em que eu deveria estar debruçado sobre os relatórios, deixando tudo pronto para a manhã seguinte. Sentou comigo para olhar os mapas e escolher um lugar pra gente visitar quando chegasse julho, mas esqueceu de avisar que já não estaria lá na hora de fazer as malas.

Só percebi uma semana depois, quando me escondi debaixo de uma marquise para esperá-la para a sessão das onze – que nunca começou. Pelo menos não para mim. Pelo menos não para a gente.

Só percebi quando vi as pessoas saindo da sala aos risos e notei pela primeira vez que não teria mais a gente. Pelo menos não como era antes.

Quis bater naquela maldita porta. Quis atravessar a cidade de metrô mesmo que já fosse madrugada e eu estivesse vulnerável demais para fazer qualquer coisa. Quis pegar um táxi e fazer o oposto de uma serenata naquela porcaria, só para dizer que a gente foi navio, sim, e que os destroços estão submersos agora. Quis contar que a maior cidade do mundo é pequena demais quando nos perdemos de quem realmente somos.

Mas, no meio de tudo isso existem duas maneiras de lidar com o tanto de raiva que sentimos de alguém. Uma delas é deixando pra lá, esperando que o mundo trate de colocar as coisas onde devem estar. A outra não importa tanto.

Eu queria, sim, dizer um monte de coisas. Mas ela não entenderia as metáforas. Então deixei o oceano que tinha se tornado o meu peito devorar a gente enquanto os pedaços do casco tratavam de se destruir.

O tapete ficou sujo. Eu virei a noite no bar. Revirei o mapa dos pés à cabeça antes de me jogar na vida outra vez. Mas na manhã seguinte tudo parecia bem.

Foi aí que eu escolhi você

KELVIN JONES
CALL YOU HOME

Tinha acabado de trancar a porta de casa quando virei de costas e tropecei na calçada, quase escorreguei e caí no chão, mas consegui fitar um arco-íris na poça da água. Você riu e perguntou se eu queria ajuda pra levantar, mas eu só conseguia enxergar você sorrindo.

Tava tocando Frankenreiter no carro estacionado do lado e te chamei para atravessar a rua correndo. Você riu da pressa e da maneira como eu apertei o passo quando o sinal abriu. Ninguém vai atropelar a gente, você disse, não deixo que atropelem. Não deixo ninguém acabar com esse tanto de coisas que enxergamos quando a chuva passa e abre o sol lá fora.

Foi aí que você me falou sobre um fim de semana em Florianópolis e um festival na beira da praia. Foi aí que eu senti vontade de te levar pra ver o mar e caminhar na orla, uma vontade gigante de te chamar pra correr na água e molhar os pés. Deu uma vontade imensa de trocar esse monte de prédios por um pouco de paz, trocar a calça suja no calcanhar por um calção de banho, trocar esse mau tempo inteiro por um pouco de sol.

Teve uma hora em que você virou e sorriu, não entendi muita coisa ali, mas consegui reparar na tua pinta do lado direito do queixo. Consegui reparar na maneira como você olha pros dois lados antes de atravessar a rua outra vez. Consegui enxergar a tatuagem no lado direito do braço. Quase não deu pra ver por causa do comprimento da manga da sua blusa, quase não foi possível enxergar o pássaro e a liberdade que você carrega por aí.

Me lembro também de ter chamado você para olhar as vitrines, por mais que loja nenhuma esteja aberta no fim da tarde de um domingo. Segurei na tua mão e pensei que nunca mais fosse soltar, até que você se desprendeu e me chamou pra correr na praça. Pensei que a gente iria cair quando consegui te abraçar, pensei que iria parar no chão outra vez, logo antes de você me segurar e conseguir manter meus pés no chão. Você riu de novo quando viu o pavor momentâneo estampado no meu rosto. Senti uma vontade gigante de te apertar quando vi aquele olhar.

Sorri quando você comentou das obrigações e disse que dava um jeito de deixar alguma coisa de lado pra sair comigo. Sorri quando você pensou em reclamar do horário, mas não disse nada pra não me magoar. Sorri quando segurei na tua mão no meio da mesa e corei por ficar sem jeito. Sorri quando você lembrou do escorregão e do quanto eu tentei levantar rápido pra não me envergonhar.

Lembro que tinha acabado de trancar a porta de casa quando virei de costas e tropecei na calçada, quase escorreguei e caí no chão, mas consegui fitar um arco-íris e o teu sorriso na poça da água. Você riu e perguntou se queria ajuda pra levantar, mas eu só conseguia enxergar você sorrindo. Percebi alguma coisa bonita quando caí ali. Percebi que seria você logo depois de te ouvir gargalhar da minha falta de jeito.

Consegui enxergar a tatuagem no lado direito do braço.

Quase não deu pra ver por causa da sua blusa, quase não foi possível enxergar o pássaro e a liberdade que você carrega por aí.

Não faltou muito para ser

ANDRA DAY
THE LIGHT THAT NEVER FAILS

Faltava um pouco, só um pouco. Nem chegava a ser muito. Era só dar mais três voltas com os olhos ao redor dos teus para ter certeza. Pelo menos era o que passava pela minha cabeça. Prestes a dar pé e encontrar o fundo.

Noutro dia você comentou que foi exatamente nesse ponto, logo depois da segunda cruzada de olhares e da sexta taça de vinho. Eu estava prestes a vomitar, não literalmente, tava quase colocando pra fora o tanto de coisa entalada na garganta quando você levantou para ir ao banheiro e meu peito sentiu um alívio enorme por não precisar estar exposto.

Essas situações são engraçadas. Por mais que tenhamos certeza, sempre queremos confirmação. Por mais que o peito berre, grite, esperneie e perca a voz de tanto forçar a garganta, não é suficiente. Como se três ou quatro palavras ditas fossem comprovar alguma coisa. Tem tanta coisa dita da boca pra fora – pra fora mesmo, tão fora, tão longe que meus pulmões não aguentariam correr para alcançar. Como se tivesse sido diferente se eu tivesse dito que as coisas aqui dentro estão se mexendo assim, colocado a mão por baixo da camiseta e sentido as batidas espaçadas.

Meus dias são sempre preparação óbvia para o fim. Nas noites geladas desses dias sem sol, parece que meu peito se projeta para imaginar os passos que precisarei dar à frente. Vem comigo? Não vem. Fico contigo?

Não fico. Não dou um passo antes de ter certeza absoluta. Se existe pergunta, existe a possibilidade da negação, me disseram uma vez.

Neguei, dias e mais dias, neguei até mesmo nas vezes em que meu rosto corava e eu sentia o canto dos lábios esquentar. Neguei até quando briguei com meus amigos, podre de tanto beber, pendendo a cair pelas valetas. Quase levantei correndo quando gritaram teu nome, mas não era você. Ainda não lembro se ouvi o chamado mesmo ou se inventei dentro da cabeça, mas procurei em volta.

Procuro, eu sempre procuro. Procuro a porcaria do chão para cravar pé e criar raiz. De vez em quando passo longe, de vez em quando não encontro nada. Dessa vez, enquanto você me olhava e contava sobre um livro guardião que você tinha, eu podia jurar que sentia a altitude baixando e as solas prontas para tocarem o chão.

Cravo seringas na pele, taco cápsulas de quatro tamanhos diferentes goela abaixo para ver se dou uma acalmada nas coisas aqui dentro, mas dói. Dói pra caramba a gente precisar bater em retirada quando as coisas estão nascendo bonitas demais para se cortar para raiz.

Faltou pouco, sim. Pedi aos céus, pedi aos ventos, pedi a qualquer coisa que a gente não enxerga e acredita, mas não adiantou muita coisa. Não chegou a ser muita coisa, mas faltou pouco. Mesmo que não tenha faltado a mim.

Domingo

Um jantar pra dois e o restaurante quase cheio. Um passeio na cidade e uma olhada para o céu. Tem estrelas lá em cima e um silêncio bonito aqui embaixo. Tento catalogar as constelações. Tento parar o tempo também.

Pergunto da sua vida e conto da minha. Fica difícil esconder o rubor do rosto entre os dedos, fica difícil enxergar as outras pessoas em volta. Baixo os olhos e respiro uma vez. Ergo-os pra ver se encontro os teus ou se te vejo lendo um trecho do livro que eu te dei. Queria poder congelar as coisas por um tempo.

Sorrio quando você me conta do medo que tem de aviões. Sorrio quando você fala dos horários e das provas da semana. Sorrio quando você fala da família e compartilha um pouco da vida comigo. Sorrio quando percebo que, talvez, você não seja como as outras pessoas... Quem é que fala da vida, da família e desse monte de coisas que faz a gente encontrar um pouco de carinho no outro? Queria abrir o peito pra dizer como as coisas palpitam aqui dentro também.

Lembro da primavera e da manhã nublada. Lembro de te dizer que eu sinto um monte de coisas estranhas quando deito pra dormir e esqueço de escrever. Penso em te escrever amanhã de manhã, penso em chegar em casa e pegar cada um dos detalhes pra ver se consigo transformar em poesia. Talvez a poesia seja mesmo assim. Talvez não seja pra ser escrita.

Não importa os ponteiros no relógio. Não importa quantas voltas a gente vai dar no mesmo lugar, se a gente anda em círculos ou se parece que o mundo é um lugar não muito maior que isso aqui. Importa a companhia e o medo que eu senti no fim do filme. Importa a vontade que eu tenho de pegar um papel e escrever sobre o desenho das tuas mãos.

Você costuma sonhar à noite? Eu não, eu nunca, mas acho que vou sonhar hoje. Acho que vou encontrar você no meio da noite, e a gente vai caminhar enquanto o sol despenca no horizonte. Acho que vou lembrar de pedir aos céus logo antes de dormir para que tudo fique bem com você amanhã.

Um jantar pra dois e o restaurante quase cheio. Mas eu só escuto a tua voz. Um passeio na cidade e uma olhada para o céu. Tem um pouco de carinho aqui enquanto a gente olha as estrelas. Queria estagnar o tempo pra não precisar ir embora daqui. Queria poder não precisar me despedir de você outra vez.

Não é de mim que você precisa

Fico pensando com cuidado se vale a pena gastar meu tempo refletindo sobre cada uma dessas coisas, mesmo sabendo que não é do meu sorriso que você vai precisar quando acordar e se espreguiçar para mandar embora o peso que tiver sobre os ombros. E olho nos teus olhos sem conseguir dizer que existe alguma coisa de errado em esboçar mentiras, em viver um faz de conta que nunca vai se tornar realidade. Não é do meu beijo que você precisa agora e também não é do meu abraço que você vai precisar quando arrancarem o chão dos teus pés, por mais que eu tenha sentido o mundo virar do avesso no instante em que teus dedos tocaram os meus.

Eu não deveria pensar nisso agora, mas não consigo esconder o medo quando olho o teu sorriso e fico imaginando-o se despedaçando e virando pó no momento em que eu desviar o olhar. E me agonia saber que você não percebe isso, não nota coisa alguma em mim e só consegue pensar na falta de alguém que já foi. Eu te entendo, entendo a tragédia particular que cada um carrega dentro do peito, mas não consigo digerir a maneira com que eu me importo com a sua mesmo sabendo que não é de mim que você precisa.

Talvez você seja a pessoa da minha vida agora. Talvez eu não seja da sua. Dói pra caramba perceber a despedida de um amor antes mesmo de começar.

Nunca entendi direito o jeito com que você pressiona a mão sobre o peito sempre que sente frio. Nunca entendi o fim de um amor que deixa portas abertas dentro da gente, como se não se importasse com o que sentiremos depois. Mas eu poderia jurar que conseguiria preencher um pouco dos teus vazios e te oferecer abrigo até você se acostumar com a vida outra vez. Ou até você se acostumar comigo.

Não ser escolhido por alguém que move a gente é uma das coisas mais dolorosas do mundo. Conhecemos os gostos, reconhecemos os detalhes, carregamos uma certeza absoluta de que daria certo se o outro não tivesse algo o puxando para trás. Não é culpa nossa, não é necessariamente culpa de alguém. Nem sempre somos nós que vamos exorcizar os demônios alheios, por mais que precisemos disso para nos sentirmos um pouco mais felizes agora.

Ainda assim, é doloroso olhar em volta e perceber que já não há mais nada que te faça cortar as pontas soltas lá atrás. Qualquer coisa que eu fizer agora vai ser uma tentativa falha de tentar empurrar com a barriga o que é inadiável, é só te deixar cravar uma haste aqui dentro que será arrancada quarenta e oito horas depois, quando as minhas pernas não aguentarem mais. E eu só queria que tivesse sido dessa vez.

Me desculpa por isso e por ter insistido em te levar para tomar café na praça, só pra te mostrar que existe um pouco de poesia em qualquer lugar. Me desculpa por forjar um amor que você não precisa sentir agora. Você não tem culpa, eu não tenho culpa, mas meu peito sente muito e sente tanto enquanto tento entender que o mundo é grande pra caramba e talvez seja da próxima vez, talvez pra você seja também.

Dói um pouco, mas um dia passa. Dói uma despedida apressada que evite que a gente se machuque mais quando olhar para trás e reparar que alguma coisa prende a gente também.

Se você quiser ficar

SARA BAREILLES
I CHOOSE YOU

Eu tava olhando para os meus pés e imaginando trinta histórias diferentes de como a gente vai se perdendo no caminho quando você ergueu meu rosto e me ofereceu um abraço. Tinha um monte de gente em volta em um carnaval fora de época que não respeita o trânsito, vai tomando conta das ruas e se espalhando como se o mundo vivesse em festa sem se importar com a época do ano.

Você ri quando te peço para largar o copo e me segurar nos braços. Ri quando colo um adesivo nas tuas costas e você morre de curiosidade de saber o que é, tem medo de passar vergonha, tem medo que o mundo não entenda esse monte de coisas que são inteiramente nossas, tem um medo enorme de ver o dia terminar e a rotina devorar a gente outra vez. Ri quando se olha no espelho e vê o rosto vermelho pela falta de protetor solar.

Prometo que te protejo da próxima vez, amor.

Prometo que não deixo nada marcar você na pele nem que seja por um intervalo curto de tempo.

Tô aqui tentando colocar as coisas todas no lugar para quando você chegar. Tô marcando fundo na alma alguma frase de efeito que não me deixe esquecer do brilho dos teus olhos na hora de dormir. Tô me deixando para trás aos poucos, num modo camaleão apressado de quem não vê a hora de te carregar nos braços e ser um alguém melhor do que fui um dia.

Passa pela minha cabeça um monte de coisas, passa o registro de você com o rosto corado no meio da multidão e o nosso abraço apertado. Passa a cena em que eu te erguia do chão e seus pés ficavam no ar, girando de um lado para o outro como se o mundo se acabasse e renascesse de novo naquele pequeno espaço-tempo. Passa a memória das pessoas em volta falando da gente e você dando risada, como se nenhum deles importasse para nós antes de o dia nascer outra vez.

Eu tava olhando para os teus pés e imaginando trintas histórias com um final feliz que fosse bom pra nós dois, quando você ergueu meus olhos e me segurou nos braços. Riu da minha falta de jeito, riu da maneira como pulo carnaval e do peito que bate feito bateria de escola de samba quando tem você por perto. Não me importava com muita coisa ali, não me importava com nada que ultrapassasse o alcance das minhas mãos, das tuas mãos e de tudo o que a gente queria segurar.

Prometo que não te deixo escapar dos braços se você quiser ficar.

Prometo que não deixo a quarta-feira de cinzas chegar se você decidir que não existe época do ano que permita a gente se apaixonar.

Tô me deixando para trás aos poucos, num modo camaleão apressado de quem não vê a hora de te carregar nos braços e ser um alguém melhor do que fui um dia.

De vez em quando o mundo desmorona

LIZA ANNE
LOST

Um tiro certeiro atravessando o peito. Foi a primeira coisa que senti depois de ver o mundo inteiro se desconstruir, pedaço por pedaço, na frente dos meus olhos. Nessas horas não sobra chão, não sobra teto, não sobra raiva, não sobra mágoa nenhuma independentemente do tamanho da ferida. Resta uma tristeza insistente de quem ainda não consegue entender o que está acontecendo em volta.

Ver o mundo inteiro ruir na frente dos olhos é uma das coisas mais comuns do mundo, o problema é nunca sabermos quando, nem como, isso vai acontecer. Vêm abaixo as verdades, as certezas, as coisas todas pelas quais lutamos com unhas e dentes durante um longo espaço de tempo. Cai por terra uma série de coisas que pareciam palpáveis demais para se desconstruírem em pó. Levanta poeira e ofusca a vista. Às vezes, a culpa é inteiramente nossa; às vezes, não depende da gente. Não importa muito.

Demora um tempo para a pele começar a fechar e formar a cicatriz. O sangue coagula na superfície, as pessoas em volta não fazem questão de conhecer nossas marcas porque dói só de olhar, embrulha o estômago de quem ainda tem tudo em pé a sua volta. Demora um tempo também para nos acostumarmos com o ardido agudo quando bate água durante o banho, quando esquecemos o cuidado num canto e agimos como se não houvesse nada. E, na verdade, não há. A ferida é inteiramente nossa. Nem sempre é física, nem sempre está ao alcance dos olhos e das mãos, mas dói do mesmo jeito.

Se te perguntarem o que houve, você diz que está tudo bem. Se repararem nas olheiras, você diz que precisou dobrar o turno no dia anterior e faltou tempo para dormir. Se disserem que você precisa deixar pra lá e seguir uma vida nova, você olha para trás e começa a catalogar as coisas todas dentro de si.

De vez em quando, o mundo desmorona na nossa frente. Nem sempre é culpa nossa, nem sempre é culpa de alguém. Apenas acontece.

De vez em quando, também, alguém aparece em meio aos escombros e nos ajuda a reconstruí-lo.

Quando isso acontece, percebemos que é hora de limpar o sangue seco de cima da pele e preparar uma versão inteiramente nova de nós mesmos para quem for construir a gente a partir de agora. Quando isso acontece, percebemos que não podemos jogar nos ombros alheios os ataques covardes que recebemos do mundo lá fora. Tudo o que precisamos – e que os outros precisam também – é de um pouco de amor para fazer com que essas coisas doam um pouco menos.

Esperando

MARCELO CAMELO
LUZES DA CIDADE

Na frente de casa, esperando dar a hora. Sempre sento no carro e coloco uma melodia calma no rádio quando fico pronto antes da hora. Eu me atraso, às vezes, mas é só quando o compromisso não me faz tão feliz assim. Agora tô esperando a hora de entrar em cena.

Fico reparando nas luzes da cidade e na meia dúzia de carros que passa por essa rua no fim da tarde. Eles levantam a água que resta no asfalto. Tem um barulho familiar de correnteza fraca tranquilizando as coisas aqui dentro. Choveu mais cedo, então tem alguns pingos nos cantos do vidro, onde o limpador não alcança. Fez tempestade aqui dentro antes, também, então tem uns vestígios nos cantos onde meu entendimento também não alcança. Os dois casos têm deixado a espera mais bonita.

Quando a gente se conheceu não teve chuva. Era um dia de calor infernal, no início de novembro. Mal tinha começado o horário de verão e, perto das oito da manhã, o rosto já pingava de suor. Tomei um banho ao meio-dia, tomei outro no fim da tarde. Quando a encontrei pude sentir seus cabelos molhados entre os meus dedos. Coloquei a mecha que caía no seu rosto de lado para enxergá-la melhor.

Ela colocava alguma coisa dentro da bolsa quando deixou cair os fones de ouvido no chão. Corri atrás para devolver e alcancei-a ofegante. Percebi alguma coisa palpitar diferente quando ela pegou das minhas mãos e deixou o polegar escorregar brevemente pela minha palma.

Convidei prum café três dias depois, quando fosse fim de semana e eu não tivesse compromissos. Disse que estaria viajando e mandava notícias. Demorou três meses para fazer as malas e voltar, ficou meio dia inteiro dentro do avião. Queria buscá-la no aeroporto, mas quem é que faz vigília para esperar alguém que viu uma vez na vida?

Esperei duas semanas para ligar depois disso, fiquei uns quarenta minutos com o celular na palma das mãos antes de tomar coragem. Sugeri trocar o café por vinho para ver se eu ficava mais à vontade na frente dela, mas não comentei o motivo. Sempre fico nervoso quando projeto um futuro feliz com alguém e não faço a menor ideia de onde tudo aquilo vai dar. Que bom que ela não imagina isso, assim não pareço louco antes mesmo de ela me conhecer.

Agora, uns minutos antes de sair de casa, deixo a melodia entrar pelos ouvidos e acalmar alguma coisa aqui dentro. Devo precisar escrever mais umas três páginas até chegar a hora, mas prefiro usar o tempo para pensar nela. No que sinto vontade de dizer e no que preciso guardar comigo para não me sentir pequeno demais perto dela. Ansiando que os primeiros minutos e as primeiras taças da conversa passem logo para que eu tome coragem de dizer algumas coisas que nunca passaram por minha cabeça até agora.

Depois de tanto tempo

MICHAEL BUBLÉ
A SONG FOR YOU

Tudo que passava pela minha cabeça depois de tanto tempo era a vontade que eu tinha de tocar nos dedos dela e caminhar por aí. Pensava nisso enquanto lembrava das outras vezes e ia catalogando cada lembrança para reviver uma a uma enquanto fechava os olhos. Enquanto ia voltando dias e mais dias no calendário para não me esquecer de como tudo foi até aqui.

A gente combinou de sair pra colocar algumas coisas no lugar outra vez. Engraçado é que esse 'colocar as coisas no lugar' faz parecer que tudo anda fora do controle e do alcance das nossas mãos, mas não é nada disso. É só um encontro repentino para lembrar os meses todos até aqui. Não tem mágoa nenhuma nisso tudo, não tem nó desatado nenhum no passado clamando para ser fechado.

Sinto uma vontade gigante de saber como andam as viagens dela por aí. Se ela encontrou o norte que tanto queria e dizia enquanto olhava nos meus olhos no fim de um domingo em que ameaçou chover lá fora. Quero saber do estágio e do sobrinho que nasceu na semana passada, da mãe e da coleção de vinis que ela jurou completar antes da virada do ano. Quero saber de uma série de coisas que deixou de me contar depois de um tempo, mas eu entendo.

Essa vontade me traz um medo absurdo de esbarrar com ela e ver que as coisas talvez nunca voltem a ser do jeito que foram um dia. Talvez meça as palavras e se esqueça de me contar sobre as coisas da faculdade e o quanto o TCC tem mexido com os nervos dela. Talvez não ligue tanto quanto eu para o encontro e se esqueça de me dizer que vai se mudar no ano que vem, resolveu trocar um pouco de ares pra ver se encontra algum sentimento novo por aí.

Me olho no espelho e enxergo uma série infinita de incertezas que me fazem cravar um pé atrás, fechar os olhos e suspirar antes de me jogar nessa de cabeça outra vez. Tenho dessa mania brava de imaginar uma série de coisas que talvez nunca sejam e nunca aconteçam de verdade, ficar rabiscando no guardanapo do café futuros felizes enquanto olho no rosto dela e completo os traços.

Me sinto um menino de catorze anos indo para um primeiro encontro. Sinto alguma coisa estranha por medo que ela encaixe um pronome de terceira pessoa no diálogo e diga que se apaixonou. Sinto alguma coisa cutucar aqui dentro enquanto a imagino fechando os olhos e pedindo desculpas, dizendo que a gente tá indo rápido demais com isso tudo e vamos acabar nos atropelando outra vez.

Tudo o que passava na minha cabeça depois de tanto tempo era a vontade que eu tinha de trazê-la para assistir o pôr do sol comigo outra vez. Mas, a cada segundo que passa, sinto uma coisa nova aqui dentro, contando os segundos para vê-la outra vez. A única coisa que não passa depois de tanto tempo é a vontade que eu ainda tenho de levá-la comigo para onde for.

Enquanto a gente ainda é a gente

SARA BAREILLES
LOVE SONG

Quanto tempo a gente tem até você tirar os dedos do lado esquerdo do rosto e me dizer que a última curva fez a porcaria do nosso carro derrapar e sair da rota? Eu tenho essa mania idiota de ir prevendo possíveis finais para sentir a ferida latejar um pouco menos depois que o ponto final tiver sido a única forma de continuar contando essa história, mas nunca adianta muito. Tudo isso só serve para ensaiar um desastre precoce e me fazer sofrer por antecipação, dobrar a conta na farmácia e gastar os ouvidos de algum amigo contando o quanto você me fez feliz enquanto a gente ainda se preocupava com o que o outro ia sentir.

É que eu acho essa pinta que você tenta esconder uma das coisas mais bonitas que me prendem a você. Me puxa pelos dedos e diz que me conduz essa noite, diz que não tem intenção nenhuma de fazer a gente se despedaçar um para o outro e virar poeira, que não existe motivo nenhum para eu me preocupar e imaginar uma ou sete vezes que você pode deixar de me amar. Mas e se você deixar, e eu me sentir desabrigado, com aquele frio agudo rasgando o peito? Não precisa, querido, nem precisa imaginar e programar um futuro alternativo porque isso nunca funcionou pra ninguém.

Pode ser que você acorde um dia e perceba que meu lugar nunca foi aí, revirando os cobertores e pedindo um pouco de carinho antes de dormir. Se isso acontecer, prometo que me olho no espelho e repenso cada uma das coisas, você diz, prometo que paro de sorrir toda vez que o teu rosto amassado no travesseiro me puxar o riso, prometo que faço o possível pra não explodir em você uma convicção de que tudo ruiu. Isso não é uma possibilidade agora. Tudo bem, e eu prometo parar de pensar um pouco nessas coisas pra não acabar destruindo a gente.

Se eu fizer um café você me acompanha? Acompanho e prometo que coloco um pouco mais de açúcar se sentir que a gente tem amargura demais entre a gente, prometo que faço o possível pra não deixar a gente esfriar enquanto passo a caneca de uma mão para a outra. É incrível como você consegue me fazer sorrir até num simples café, como você dá um jeito de nos encaixar em cada detalhe para me mostrar que a vida é bonita também. Eu vejo a gente em tudo, querido, e acho que isso explica a maneira com que eu me pego sem jeito e escondendo essa pinta chata de você.

Dá uma olhada nesse livro. O que tem ele? Fala de nós e do brilho dos teus olhos. Mentira sua. Seria pecado mentir sobre isso e negar que eu coro toda vez que você me olha por mais de três segundos e não diz nada, igual ao personagem da trama. Desculpa o silêncio, é que eu fico imaginando uma série de coisas bregas sobre o futuro e fico com vergonha de compartilhar para não parecer inocente demais. Não precisa pedir desculpas, até o silêncio é bonito do teu lado e duvido que deva existir alguma coisa brega quando a gente tem certeza que encontrou no outro um jeito de ser feliz.

Encontrei.

Promete que me avisa se sentir que o nosso carro tá saindo da rota e não dá mais tempo de brecar? Promete que nunca vai perder esse jeito meigo de se esconder entre os dedos e me prender em você?

Prometo.

como você dá um jeito de nos encaixar em cada detalhe e mostrar que a vida é bonita...

Quando o sentimento começa a ruir

DAMIEN RICE
MY FAVOURITE FADED FANTASY

É quando a falta fica ensurdecedora e você passa a escutar o silêncio, como se todo o vazio a sua volta se mesclasse em um eco calmo que perfura os tímpanos e os órgãos peito adentro. O mundo desmorona, parede por parede, em cima dos seus ombros, numa espécie de atentado particular que não depende muito da gente; não depende, na verdade, de ninguém a nossa volta e nem do tanto que conseguiremos ser fortes ao perceber que tudo está prestes a ruir.

    O vazio é a coisa mais dolorosa quando a gente se aproxima de um fim e o percebe. Perceber o desgaste iminente é desesperador. Primeiro, porque perdemos a certeza de um amor inteiro pelo qual juramos afeto. Segundo, porque toda a fantasia, que nos parecia real pra caramba, cai por terra em uma realidade dura demais para se matar no peito de uma hora pra outra. É como se acordássemos um dia e sentíssemos que nada mais dali para frente seria como antes. Depois de semanas inteiras de dúvida, recebemos a resposta absoluta de que não dá mais para arrastar o amor com a barriga, por mais que haja carinho.

    Esta é a pior parte: perceber que não depende da gente, não depende do outro, não existe uma terceira pessoa responsável por fazer um passado e um futuro se desfazerem em pó em questão de segundos. Um dia acordamos com o peito pesado, como se estivéssemos vivendo em uma Matrix de sorrisos amarelos e promessas falsas, por mais que tenhamos sido sinceros o tempo inteiro. Um dia levantamos da cama e sentimos uma tontura tomando conta da cabeça, como se o mundo inteiro estivesse girando bem na nossa frente, insistindo em não voltar para o lugar – ou decidindo, por conta própria, um rearranjo das coisas para só então poder estagná-las outra vez.

Saímos dali com a certeza de que podemos realizar cada uma das coisas que a gente sonhou com outra pessoa, que alguém novo pode desempenhar o papel que parecia exclusivo demais antes, mas ainda assim não vai ser a mesma coisa. Podemos esbarrar com alguém que tenha o nosso gosto preferido e se encaixe perfeitamente em cada um dos nossos vazios, mas ainda assim não é de um alguém novo que precisamos. O problema não é com as pessoas que nos esbarram e demonstram algum carinho. A gente precisa entender cada uma das coisas que serão suficientes para preencher cada uma das lacunas abertas em um peito que está em carne viva. Podemos encontrar quem deite no nosso colo e consiga nos oferecer algum mísero segundo de conforto, mas ainda assim não vai fazer com que encontremos o abrigo de que certa vez desfrutamos.

Não é de um alguém novo que precisamos. O problema não é com as pessoas que nos esbarram e demonstram algum carinho. A gente precisa entender cada uma das coisas que fizeram aquele amor todo que sentíamos se desfazer em cinzas, com uma esperança desesperadora que pede de volta o afeto e o que sentíamos antes de percebermos que acabou.

Quando um amor que foi nosso durante muito tempo começa a ruir, quase que de uma hora pra outra, resta um sentimento maldito de que nunca voltaremos a ser os mesmos, assim como não voltarão a ser as mesmas as coisas pelas quais a gente jurou afeto ou lealdade por uma vida inteira.

Antes que o tempo termine

MARCELO JENECI
DAR-TE-EI

Noite de verão, uns três ou quatro insetos em festa dentro do quarto. Não sei se não consigo dormir por conta do barulho chato que se aproxima e some de perto do ouvido de tempos em tempos ou se é porque sobe a memória dela dentro da cabeça. Insônia boa essa dentro do peito. Talvez dormindo não me colocaria a sonhar tanto assim.

Dá até pra ouvir os ruídos do silêncio, a forma com que o vento sussurra no meu ouvido algum aviso de que é melhor sentir cada uma dessas coisas enquanto ainda é tempo. Os intermináveis minutos que custam passar enquanto eu não esbarro com ela. Aproveita enquanto tudo ainda é bonito e o silêncio não perfura os tímpanos, porra, aproveita enquanto ainda dá pra sonhar.

As cortinas balançando e roçando no canto do vidro. Os anéis que seguram o tecido se batendo e um barulho agudo que não importa tanto assim. Travesseiro quente, mas eu odeio quando fica assim, costumo virar o lado quando o toque se torna morno, só para não precisar sentir o rosto suar. Mas hoje isso também não importa muito.

Importa a forma como ela entrou na minha vida e os memes que ela compartilha por aí. Importa o senso de humor e a falta de vergonha em mostrar para o mundo e para mim o tanto de coisas que fazem dela um pouco mais feliz. Quem sabe um dia eu consiga ser alguma delas, quem sabe um dia eu me lembre de contar isso pra ela também.

Foi alguma coisa bonita. Logo depois de eu fechar as portas do escritório e caminhar de terno até o carro para colocar uma bermuda. Logo antes da corrida na praça com o rosto pingando e o sol queimando os ombros. Minutos antes de eu deitar para dormir pensando que o cansaço me venceria também dessa vez.

Fiz risoto, errei a quantidade de sal, derramei pelo canto da taça quando fui servir o vinho. Sujou tudo e ficou um gosto estranho no paladar, mas tava tudo bem. Eu só sabia rir e girar os braços, rodopiar o corpo todo por alguma coisa que não aprendi a explicar mesmo sendo por ela.

Ouvi cada um dos sons, fechei os olhos para senti-los com um pouco mais de alma antes que o tempo termine. Tenho aproveitado enquanto dá pra sonhar assim, enquanto ainda não preciso dormir para que as coisas pareçam bonitas do lado de fora. Enquanto ainda imagino o momento que me darei para ela de vez.

Me perdoa

MATT NATHANSON
ALL WE ARE

Me perdoa por quase ter feito você acreditar que a gente podia contar essa história de um jeito novo, com uma reviravolta tranquila que separa e coloca cada pequeno detalhe no seu devido lugar. Eu pensei que daria pra separar as lembranças em gavetas e deixar tudo um pouco mais organizado daqui pra frente, sabe? Com sabor de promessa que alinha as órbitas de uma vez e faz o mundo girar um pouco mais devagar, mas a única coisa que fiz foi te forçar a tocar as minhas tatuagens, te forçar a entender o significado de cada uma delas e quase te fazer acreditar que poderíamos ter sido felizes se tentássemos mais um pouco.

Não sei exatamente quando a ficha caiu e deu esse estalo aqui dentro. Se foi num domingo chuvoso em que o sofá me devorou e eu não quis te puxar pra perto ou numa segunda-feira à noite, quando a saudade é a única visita que a gente recebe antes de dormir. Mas de repente isso bateu aqui dentro. Senti um carro em alta velocidade colidindo com cada uma das coisas que eu guardo e com a memória de você baixando os olhos e sorrindo. Senti um peso muito grande cair sobre o corpo, as pernas fraquejarem e uma sensação estranha que ainda não aprendi a explicar. Ficou tudo revirado depois de um tempo.

Foi difícil engolir a sensação que travava a garganta e é um pouco mais doloroso ainda olhar em volta e perceber que talvez nada tenha sido feito para dar certo no fim. Tentei reviver os diálogos e refazer os caminhos, mas coisa nenhuma coloca na cabeça o verdadeiro motivo que trouxe a gente até aqui. E não sei quando deixei de ser pra você aquela crença combustível que te fazia acreditar que sempre haveria caos antes de toda grande mudança, mas a verdade é que as coisas podem mudar no silêncio. Quando foi que a gente mudou?

Sinto uma agonia culposa por ter feito você levar um pouco de fé no final feliz tatuado no meu braço, por mais que eu sempre tenha carregado uma esperança de que tudo fosse assim no fim. Talvez os contos de fadas tenham estragado meu modo de ver a vida, talvez minhas marcas nos braços tenham estragado a gente quando tinta nenhuma na pele seria suficiente para mudar o rumo das coisas. Sinto a ausência golpeando aquilo que jurei que podia ser diferente depois da tempestade.

Vou sentir de verdade cada uma das coisas daqui pra frente, nem que seja aquela tremedeira interna feita para massacrar a gente aos poucos. Vou deixar pequenos pedaços se desfazerem lentamente para não precisar te puxar de volta para o fundo do mar, se bater desespero depois de um tempo. Vou tentar botar nessa cabeça dura que você não merece esse amor-âncora que te puxa pra baixo... o que você merece mesmo é navegar por aí.

Me perdoa por te chamar pra caminhar numa avenida movimentada no fim da tarde e te dizer aos berros que a gente seria feliz no fim de tudo. Por ficar criando metáforas desconexas para nos dar uma profundidade que nunca foi feita pra gente, sem perceber que água demais afoga e inunda tudo quando não sabemos nadar. Que amor não precisa ser submarino para ser de verdade, nem precisa de âncora pra deixar a gente parado vendo a vida passar. Por me esquecer de ter procurado um jeito novo de costurar um final feliz pra nós dois.

Tô pensando em você

KATY PERRY
THINKING OF YOU

Eu sei que isso tudo já deve ter ultrapassado a barreira da normalidade e eu vou me deixando levar por uns pensamentos despretensiosos e que me abrem um sorriso no canto do rosto, me perdendo em uns pensamentos meio atrasados demais pra quem tem tão pouco tempo de ajustar a rotina inteira em vinte e quatro horas. Mal sobra tempo, mal sobra espaço pra fazer quase nada e ainda assim existe um tempinho pra pensar em você. Não faz nenhum sentido, eu sei, mas deve existir sei lá o quê de bonito em me pegar pensando em você enquanto o sol despenca lá fora e a cidade vai se embrenhando em uns caminhos alternativos e cheios de gente desinteressante perto de você.

Eu morro de medo, amor, morro de medo de te encontrar num desses caminhos, dentro de um carro com um outro alguém que nem se importa tanto assim com as coisas que você sente. Morro de medo de que chova na rua e eu não tenha guarda-chuva, de que chova aqui dentro e eu ainda não tenha preparado o meu peito pra tempestade que seria ter que encarar a vida sem a possibilidade de esbarrar com você no fim da tarde e te levar pra casa, beijar a tua testa e dizer que a gente se vê e que eu te aviso quando chegar em casa — pode deixar. Morro de medo de terminar de ler um romance qualquer e não ter você pra reclamar do final, pra dizer que se fosse eu que decidisse o rumo das coisas todas, nunca terminaria assim — mesmo eu sabendo que nunca é a gente quem decide o início e o fim de tudo. Se fosse, eu já teria posto um ponto final em forma de abraço nessa saudade gostosa que eu sinto aqui dentro.

Você não sabe, mas eu pensei em passar na tua casa pra vomitar de uma vez por todas as coisas que eu sinto, numa tentativa desesperada de fazer essa situação toda ter sentido, de me fazer acreditar que isso tudo é normal e que dessa vez eu não tô sentindo tudo sozinho, dessa vez não vai ser como nas outras vezes, porque você é diferente e eu poderia jurar que encontrei um quê de poesia no teu sorriso. Pensei em passar na tua casa pra te convidar pra um cinema-jantar-passeio-pelo-parque-ou-sei-lá-o-quê improvisado, só pra poder olhar as estrelas da varanda da tua casa quando voltasse, vasculhando o céu em busca de uma estrela cadente que me fizesse desistir do mundo lá fora pra viver em um abrigo no teu peito.

O engraçado nisso tudo é que eu nem tento mais ocupar a cabeça com outras coisas, nem vou empilhando um monte de tarefas desimportantes pra ver se desvio o foco. Só passa pela minha cabeça o exato momento em que eu pus os olhos em você e no desenho do teu rosto, no jeito como você me olha e na pinta no lado esquerdo do queixo, na maneira como você vê a vida e esse monte de gente passando na frente do teu rosto, se embrenhando em uns caminhos alternativos que não terminam na porta da tua casa.

Eu sei que isso tudo já deve ter ultrapassado a barreira da normalidade e eu tenho pensado demais em você, mas deve existir sei lá o quê de bonito nisso aqui enquanto o sol despenca lá fora. E eu poderia jurar que encontrei um quê de poesia na maneira como você fecha os olhos e como a tua bochecha enruga quando sorri. Eu não entendo o mundo, não me entendo e só consigo pensar nisso enquanto olho da janela do meu quarto esse bando de gente desinteressante simplesmente por não ser você.

As coisas que eu nunca te disse

CHRISTINA PERRI
JAR OF HEARTS

Olho de lado e levanto a cerveja. Passo a mão no bolso pra disfarçar o jeito com que tremo todo quando te enxergo de longe e nunca sei se devo me aproximar ou deixar pra lá, se forço o esbarrão ou viro o corpo para o lado oposto pra não deixar o meu olhar encontrar o seu. Faz tanto tempo e eu tenho uma centena de palavras não ditas entaladas nas minhas pregas vocais, nem todas pra você, nem todas sobre você, mas poderia te encaixar em cada uma delas para me sentir um pouco mais seguro, para te mostrar que dessa vez tenho coisa pra falar, mesmo que não seja honesto falar para você o que eu queria ter dito para outras pessoas. Tenho uma centena de vogais se misturando com consoantes como se fossem fraturas expostas, como se preenchessem parte da garganta de um jeito violento, implorando para serem postas para fora em um grito que faz as veias do pescoço ficarem aparentes ou em um cuspe que deixe minha boca seca até o próximo gole.

Penso em sussurrar alguma coisa no teu ouvido pra não te assustar, pelo menos dessa vez, mas a música tá alta demais e tem um bando de gente que eu não conheço ao redor, um bando de gente que eu conheço e por quem deixo o meu olhar atravessar por não ser você. E sei que você vai sorrir quando me vir, quando perceber que sou isso aqui, um cara com o cotovelo apoiado no canto do balcão do bar e que não consegue fazer nada quando tem você por perto, que não consegue entender que o tempo passa e a gente passa também. Muitas pessoas passaram pela minha vida depois de você e o mesmo deve ter acontecido por aí, mas quem é que liga pros amores do outro quando o peito começa a doer por uma saudade que a gente nem sabe se deveria sentir?

Talvez seja culpa da bebida e eu esteja revisitando o passado pra ver se tiro esse peso de cima dos ombros, pra me sentir um pouco menos fracassado por ter tido alguém legal do lado pelo menos uma vez na vida. Talvez eu acorde amanhã e isso tudo tenha passado, esse sentimento de que deveria colocar tudo de lado e falar com você pra me sentir um pouco mais feliz, pra me sentir um pouco mais seguro e menos em débito comigo mesmo. Talvez amanhã eu acorde e sinta um arrependimento gigante, coloque a culpa na bebida para justificar o porquê de não ter ido até você, o porquê de não ter levado você pra passear na beira da praia e não ter dito esse tumulto de coisas que eu tenho entalado na garganta. A bebida deveria me dar coragem, não medo.

Encaro os detalhes e o jeito com que você segura o copo, a maneira como tira o cabelo da testa e sinto um medo gigante quando um cara passa do teu lado. Sinto o peito pulsando de um jeito desordenado, quase engasgo com a saliva e o tanto de coisas que eu tenho pra te dizer que ninguém te diria. O tanto de falta que sinto quando te vejo olhar pra trás como se alguém chamasse o teu nome, como se alguém gritasse por você do jeito que cada músculo do meu corpo tem gritado.

Olho de novo e abaixo a certeza. Tô com as pernas tremendo e nem é no ritmo da música. É um nervosismo diferente, misturado com medo e um pouco de saudade. Penso em sussurrar no teu ouvido essa centena de palavras que trago entaladas nas minhas pregas vocais, para ser um pouco mais honesto comigo, pra decretar de uma vez por todas que sinto a tua falta. Não importa o tempo e as pessoas que passaram pela minha vida depois, não importa o frio lá fora e o tanto de pessoas que tem passado pela tua vida de uns tempos pra cá. Importa a falta, importa o teu jeito e a maneira como você sorriu um dia quando me viu. Importa esse tanto de coisas que eu guardo entaladas na garganta por nunca ter encontrado em ninguém o que encontrei em você.

Penso em sussurrar alguma coisa no teu ouvido pra não te assustar. E sei que você vai sorrir quando me vir, quando perceber que sou isso aqui.

Por mais que o universo não colabore

SNOW PATROL
NEW YORK

Os meus ponteiros não combinam com os teus horários e eu tenho quase certeza que vou pegar um resfriado forte se sair com esse tempo. Não falta muito pra cair a escuridão lá fora, não falta muito para o teu próximo compromisso apitar uma notificação chata na tela do celular, mas eu vou mesmo assim.

Depois eu pego um táxi e volto para casa. Paro duas quadras antes se a conta ficar cara demais e me escondo numa marquise pequena junto com mais um bando de pessoas enquanto espero a chuva cessar. Todo mundo encharcado, cada um deles dando um dedo pra chegar logo em casa e trocar a porcaria da roupa, mas eu estou sorrindo. Devem me achar um tanto louco.

Procuro as chaves antes de entrar. Eu sempre esqueço que as coloco dentro da carteira para não machucar no bolso. Passei a sair só com a chave da frente depois de um tempo, só para não correr o risco de perder mais de mim do que devia quando o movimento for intenso demais para eu me atentar às mãos que puxam objetos do meu bolso.

Teve uma vez, lá por março, quatro meses antes de te conhecer, que eu jurei que alguém tentava puxar a carteira do meu bolso. Girei o corpo rápido pra assegurar que tudo estaria bem quando vi o sujeito fugindo do outro lado. Perdi dinheiro, perdi documento, perdi um monte de cartões de visita inúteis e uma fotografia dos meus pais que já não deixa cópias nos registros de casa. Isso foi o que mais doeu.

De lá pra cá ando com a carteira no bolso da frente e com pressa. Quase atropelo a gente, os encontros e os poucos minutos que temos para nos vermos entre um compromisso e outro. Não sei se você também tem a sensação de que as coisas não poderiam ser de outro jeito, mas semana que vem eu desmarco alguma coisa da agenda pra poder te sentir melhor.

A gente vai levando. Mesmo que eu chegue descabelado e ache terno, sempre acho terno pra cacete o modo com que você baixa os olhos e suspira quando tem pressa. Mesmo que a minha camiseta já esteja surrada e suada e eu tenha que correr para pegar a porcaria do voo que sai em meia hora e vai me afastar de ti até a semana que vem. Mesmo que eu tenha que fingir esquecimento para não precisar virar as costas e correr contra o relógio outra vez.

Cada fibra do meu peito

Deita do meu lado numa utopia bonita que me faça imaginar que tenho você por aqui pelo menos por hoje. Se não der, tudo bem, mas revira a bolsa e mexe no molho de chaves pra perceber que sobrou carinho. Tenta revisitar e redesenhar o afeto, nem que seja pra escrever no canto do caderno que você ainda lembra de mim. Eu tô com alguma coisa martelando aqui dentro, algum medo descompassado disfarçado de desespero por tanta saudade e por tanta coisa que eu sinto por você. E faz tanto tempo que a gente não se vê. Tenho acordado com a respiração ofegante e o pescoço dolorido, chega a dar uma fisgada aguda que sobe pelas costas e aperta na nuca toda vez que eu viro a cabeça para o lado e não te enxergo.

Me pega pra ler numa biblioteca e diz que encontrou um verso dolorosamente bonito naquele livro que eu disse que todo mundo deveria ler pelo menos uma vez na vida. Diz que pensou em me ligar quando encontraram o personagem morto porque você nunca acreditou que os livros batessem na gente como a vida bate, num choque de realidade que jogue na nossa cara que nem tudo termina em final feliz. Te conto que me bateu um vento gelado na barriga e senti um frio diferente, olhei para os braços e te encontrei rabiscada. Levantei os olhos e apaguei a luz, deixei o escuro me devorar enquanto me agarrava em memórias suas pra me sentir um pouco mais seguro. Até pensei em bordar um verso e pendurar na parede para nunca me esquecer de que você sempre foi abrigo.

Descansa com a cabeça no meu ombro e eu prometo que tento não mexer os músculos nem fazer barulho. Te peço desculpas por não ter insistido mais um pouco, por não ter te levado comigo pra ver o pôr do sol no arpoador para gente ser feliz um tanto longe da selva de pedra. Não que aqui fosse um lugar ruim, mas é que eu queria ter caminhado com você pela plataforma de um porto qualquer, em uma tentativa paradigmática de tentar explicar que você sempre foi meu lugar seguro. Pra tentar cravar no teu peito as coisas todas que senti por você e que não me deixavam sentir mais nada.

Me olha desacreditada enquanto baixa os olhos pra dizer que você nunca imaginou que um rapaz de barba falha pela pouca idade poderia carregar um coração tão grande dentro do peito. E então eu te conto que no tal dia em que a gente foi embora sem olhar pra trás e sem se despedir, se você pudesse ler os meus pensamentos enquanto me olhava nos olhos numa angústia culposa que te rasgava o coração por não sentir por mim o que eu sentia por você, perceberia que cada fibra do meu peito ainda seria tua na manhã seguinte. Por isso tenho esse medo e sinto essa coisa toda gritar aqui dentro em badaladas de um sino que eu não aprendi a escutar. E sinto tanto que, se pudesse, voltaria no tempo pra te levar até o arpoador pra ver o pôr do sol e observar a lua cheia.

Cheia de saudade.

Cheia desse vazio nada bonito que se abre no meu peito por não ter você.

Cheia de uma certeza absoluta de que você foi a coisa mais bonita que aconteceu na minha vida.

Espero que a gente dê certo

DONAVON FRANKENREITER
ON MY MIND

Não são os mesmos modos de tempos atrás nem a mesma maneira como eu baixava os olhos quando me arrancavam o jeito. Ainda parece que tem um amontoado de coisas fora do lugar, mas mesmo assim tá tudo bem. Você perguntou se eu aceito mais vinho e eu já previ a dor de cabeça amanhã. Já consigo sentir o mundo rodando e a ressaca batendo na porta, mas acompanho você em mais uma taça e até em casa se você deixar.

Fico com receio de contar da vida e me entregar de mãos atadas. Divido parte nenhuma minha com ninguém para não perder aquela sensação de que tudo vai ficar bem se não der certo, mas sobe pela traqueia uma vontade imensa de te contar que a sua pinta do lado esquerdo do pescoço e a maneira com que você sorri tem me dado aquela sensação de que a gente pode conseguir ser feliz depois de qualquer caos. Fica martelando aqui dentro uma dúvida. Será que isso é coisa da minha cabeça? Mas tudo bem se for, mesmo se tudo despencar amanhã de manhã, obrigado por ter aceitado estar aqui hoje.

Acho que nunca te contei sobre a chacoalhada que o meu mundo deu numa manhã de outubro em que não tinha sol lá fora e eu não vi nuvem nenhuma no céu, vi só azul quando o meu olhar esbarrou com o teu. Olhei pra você com aquela sensação óbvia de que não precisaria mais de dois cobertores para dormir, porque não teria mais frio. Não precisaria mais fechar os olhos e deixar aquela sensação estranha de falta de abrigo tomar conta do ambiente e de mim também. Não precisaria de mais nada agora.

Li uma vez que a gente percebe o mundo inteiro virar do avesso e exala pelos poros uma certeza inocente de que sabemos quando encontramos alguém para ocupar um lugar diferente em nossas vidas. E eu soube. Soube no exato momento em que vi você limpando os lábios com o canto do pulso; soube quando segurei na tua mão e te levei pra caminhar na praça, com uma sensação de que já não era eu quem guiava os meus passos; soube no instante em que te levei lá em casa, te mostrei os quadros na parede e te chamei pra deitar na rede olhando a vida passar. Engraçado é que ver a vida passar parado nunca parece perda de tempo quando a gente tem quem ama ao lado.

Você me diz que alguma coisa deve estar errada e que o meu olhar distante vidrado em você não tem muito como explicar, e não sei se te conto que sobrou um pouco de afeto no canto do sofá depois que você cruzou a porta naquele dia. Será que se a gente levantar agora e pedir a conta dá pra pegar a última sessão do cinema ou cair lá em casa pra reclamar da programação da tevê no sofá? Será que conseguimos continuar sendo do outro mesmo se acabar o vinho e eles não venderem carinho no menu?

Tá batendo tudo aqui dentro, tá gritando em letras garrafais que deve existir alguma coisa que explique a maneira com que tudo tem sido verão desde que os meus olhos encontraram os teus. Tá subindo aquela vontade de te carregar nos braços e te levar no peito, uma súplica silenciosa que pede ao universo que a gente dê certo dessa vez, que eu dê certo com você.

Depois que eu a vi com ele

JAMES ARTHUR
SAY YOU WON'T LET GO

O mundo inteiro caiu por terra logo depois de eu enxergar os dois sentados na saída de emergência. Parecia que o universo inteiro havia paralisado e a minha cabeça rodava devagar. Escorei as costas na parede e resolvi baixar os olhos pra tentar entender o que estava acontecendo. Não adiantou muita coisa.

Vejo as mãos dela contornando o pescoço e os dedos acariciando as costas dele. Vejo os olhos baixos e a maneira como ela olha pra ele quando resolve erguer o rosto. Vejo um semblante que eu não aprendi a identificar e fico imaginando quando é que as coisas mudaram de uma hora pra outra, sem que eu tivesse tempo de tentar mudar as coisas mais uma vez.

Não sei direito o que fazer nem sei se deveria fazer alguma coisa, mas sorrio de nervoso quando baixo os olhos e enxergo os meus pés. Perguntam o que houve e eu respondo que tá tudo bem. Passo por eles como se nada tivesse acontecido, como se nada estivesse acontecendo aqui dentro e a gente nunca tivesse se conhecido. Só passo, mas parece que essa coisa chata pinicando aqui dentro não vai passar.

Fico imaginando as coisas que eles devem conversar enquanto descansam a cabeça no ombro um do outro. Fico imaginando se falam sobre as coisas da família e o filme que vai passar na semana que vem. Se conversam sobre os livros que terminaram de ler e sobre como a gente se deixa levar depois de um tempo. Se conversam sobre como o mundo arranca o chão debaixo dos nossos pés quando a gente jura que tá tudo bem. Será que ele reparou que os olhos dela se apequenam toda vez que ela sorri?

Escuto meus amigos dizendo que isso tudo é passageiro e que eu sou melhor que ele, mas isso não vai ajudar. Não vai ajudar cruz nenhuma atirada nos ombros de alguém pra me isentar de uma culpa que eu preciso sentir de uma vez.

Talvez eu não devesse pensar nisso agora, talvez eu devesse limpar a porcaria das lágrimas do canto do rosto e saudar as estrelas pedindo alguma coisa boa antes de amanhecer. Talvez eu acorde um pouco melhor amanhã.

A única coisa que sei é que parece que o mundo inteiro caiu por terra quando eu vi os dois sentados na saída de emergência. Começou a girar o universo inteiro na frente dos meus olhos enquanto a cabeça dava nó. A única coisa que eu conseguia pensar era se ela lembrava de mim nas vezes em que comentavam sobre o desenho do sorriso dela. Nas vezes em que ele falava sobre algum detalhe dela que eu reparei um pouco antes de a gente se perder.

É você

COEUR DE PIRATE
WICKED GAMES

Foi quando você me olhou e pediu calma. Disse que a tempestade hora ou outra passa ou a gente se acostuma com o escuro e aprende a conviver. A dor uma hora começa a fazer parte da gente e não dá nem mais pra perceber, e daí a gente amadurece porque ela vira o que chamam de bagagem emocional. Junta todas as nossas quedas e todas as nossas esperanças e abre os olhos pro mundo com um pouco mais de clareza. E se não passar ou você não acostumar, não tem problema, meu bem.

Eu não sei se é pelo teu gosto pela literatura ou pela vida, mas eu me apaixonei por você. Me apaixonei quando você me mostrou tuas caretas sem medo, sem vergonha nenhuma, procurando uma maneira de me fazer rir. Quando você me olhou de canto e disse que essas coisas todas que eu escrevo dão um pouco mais de brilho ao mundo. Quando você me leu e disse que eu devia amar alguém pra caramba. Mal sabe você que essas coisas todas que eu escrevo são exatamente sobre você.

Um dia desses eu tava lendo alguma coisa do Daniel Bovolento e descobri que "talvez amar dispense cronômetros". Talvez dispense lógica, razão e um monte dessas coisas que a gente usa pra justificar aquilo que dá medo. E daí eu percebi que foi amor desde a primeira vez que você soletrou meu nome e ligou dizendo que se lembrou de mim. Eu passei o dia inteiro sorrindo por você, e então percebi o quanto de você guardo aqui dentro.

Numa tarde você me procurou pra dizer que não se esqueceu de mim. Que a rotina devora a gente, que massacra pouco a pouco e que no dia a dia a gente só lembra daquilo que sobrecarrega, daquilo que fere e magoa, mas mesmo assim você não tinha se esquecido de mim e uma hora ou outra ia voltar. Você me disse isso e eu queria te dizer que a rotina tem pressionado aqui também, que o tempo passa e as obrigações apertam a gente, mas que dentro de mim só tem passado você. Que você passa e por conta disso eu não passo mais frio, passo pelas pessoas e pelos lugares. E tudo o que passa aqui dentro é você.

Eu não sei se é pelo teu gosto pela literatura ou pela vida, mas eu me apaixonei por você.

Do lado de dentro da porta

GAVIN DE GRAW
NOT OVER YOU

Fico na porta imaginando tua voz distante no corredor, esperando aquela menina que marejava os olhos toda vez que falava em salvar uma migalha do mundo, enquanto contava das viagens e do tanto de gente descartável que tinha por aí. Falava do pai e de um espetáculo de dança que a gente jurou ver juntos, não jurou? Quase deixo de lado aquele cara que acreditava nessas coisas, nesse monte de promessas que nunca passaram de planos jogados ao vento. Mas talvez seja melhor insistir na espera só mais um pouco. Só pra ter certeza. Só pra não enlouquecer e não engasgar com a informação definitiva de que você não vai voltar.

Não sei se assisto a angústia pelo olho mágico ou se fico quietinho, com as costas escoradas na porta esperando sentir o peso de você a empurrando pra entrar só mais uma vez. Bate uma vontade de te contar da saudade e do quanto a espera pesou aqui dentro. Senti o fardo e uma tonelada inteira quase romper os ligamentos dos ombros e as coisas que eu zelava aqui dentro, mas não consigo imaginar tragédia nenhuma quando tem você. Consigo imaginar afeto, consigo imaginar teu rosto no meu peito quando acordar e você se espreguiçando enquanto boceja felicidade. E desaguei as coisas todas num choro que manchou a gola da camisa com saudade e deixou uma gota de falta molhando o chão.

Bate um medo de precisar fechar o nosso roteiro com um final fajuto que não é feliz e precisar voltar a ser protagonista de um espetáculo individual sem catarse nenhuma no folhetim. Roteiro vazio, teatro vazio, meu peito vazio por não ter ninguém pra dividir o palco e o café gelado às onze da manhã de um domingo de ressaca. Por não ter você pra me dizer que a gente cura a cabeça latejando e dando voltas depois de um dia jogado fora nos lençóis. Que essa sensação vai embora na segunda-feira de manhã.

Sobe uma inquietação aguda, uma vontade de te buscar em casa e improvisar uma festa no jardim. Prometo que te deixo na porta depois, prometo que me despeço pouco antes de o sol nascer e volto na semana que vem. Qualquer coisa para ter você outra vez. Qualquer coisa que me permita reviver as coisas que luto para deixar vivas na memória nesses últimos duzentos dias. Não importa a música, não importa a dança e nada que não conte como a gente conseguiu consertar um pouco das coisas depois de um tempo.

Será que se eu bater palmas e berrar teu nome na entrada do prédio e te chamar pra pegar a sessão da madrugada a gente consegue encontrar um jeito novo de destruir essa falta pulsando do lado de dentro? Sem saudade aguardando na porta e sem ferroada nenhuma no peito toda vez que o eco no corredor não for da tua voz. Sem frio e lágrima marcando lembrança no lado de dentro da porta quando não tem você.

Se o mundo acabasse

CITY AND COLOUR
LITTLE HELL

Olho pela janela do quarto e não sei se te conto que senti uma pontada estranha bem no meio do peito, tive aquela sensação nada bonita de que as coisas lá fora estão prestes a se desmanchar uma a uma e que qualquer ação minha seria insuficiente para mudar o curso das coisas. Eu poderia continuar acreditando nisso se não fosse por você e por tudo que faz parte do desenho do teu corpo. Porque eu sinto uma sensação estranha que não sei explicar e compensa a espera, compensa cada noite mal dormida e a sensação de que eu não iria acordar no dia seguinte, cada pequeno milésimo de segundo em que senti sua falta antes de te conhecer.

Não entendo muito do universo e das coisas que vejo no exato ponto-limite em que os meus olhos alcançam, mas se o mundo acabasse em um passe de mágica, eu ainda assim poderia continuar feliz por ter conhecido o teu abraço.

Queria te olhar e te dizer cada pequena coisa que vi lá fora e me fez lembrar de você, mas sinto um medo tremendo de te assustar com esse meu jeito tragicômico de ver a vida — e que só tem um pouco de riso porque tem você. Não entendo muita coisa, não entendo nem aquilo que enxergo, mas creio em cada uma delas da mesma maneira que passei a acreditar um pouco mais em mim depois que enxerguei o reflexo do meu rosto nos teus olhos. E agora me entendo um pouco mais também.

Penso em cada uma dessas coisas pra ver se consigo prever algum fim que termine bem pra gente. Tenho medo de não ter tempo de olhar para o teu rosto e te contar sobre cada uma das coisas que sinto quando encontro tua foto no meu bolso no meio do dia e do quanto eu sinto um pavor enorme de despedidas. Desculpa por isso. Desculpa por repetir três vezes por minuto como eu adoro a maneira como o teu rosto repuxa no momento em que você sorri. Fico lembrando do tanto de coisas da porta pra fora e queria que você se lembrasse de mim se tudo acabasse no exato momento em que eu girar a maçaneta.

Pudesse eu deixar as coisas todas de lado e fugir pra longe com essa certeza de que dá para ser feliz do teu lado independentemente das coisas todas em volta. Bate uma inquietação, porque eu iria até o fim da linha por você, só pra ter certeza de que veria o teu sorriso uma última vez antes de o chão desaparecer debaixo dos meus pés.

Bate saudade, uma angústia antecipada que me faz colocar no papel cada sentimento que eu terei depois do instante em que você bater a porta. O primeiro é falta, e os outros envolvem uma série de fatores que terminam no primeiro, numa redundância apressada que vai me fazer lembrar o tempo inteiro do quanto me senti feliz nos teus braços. A morte da certeza e um envelhecimento permanente da saudade.

Mas nada disso importa agora, coisa nenhuma lá fora precisa fazer sentido enquanto tiver o teu corpo no meu na hora de dormir. Até escrevi no espelho do meu quarto que eu nunca fui tão feliz antes. Deus, nunca me senti assim por mais ninguém. E se o mundo acabasse num passe de mágica, eu deixaria as pessoas berrando lá fora e usaria a força de cada músculo do meu corpo pra sussurrar no teu ouvido o quanto eu sou feliz por ter tido você.

Do teu lado

JOHN LEGEND
ALL OF ME

Se pudesse te ligar no exato momento em que desvio dos carros e passo pela rua da tua casa, diria que sinto o silêncio misturado com buzinas, berrando nos meus ouvidos um quê de saudade. Vou perdendo a visão e sentindo os olhos ficarem carregados, como se fitassem um espelho embaçado que traz memórias difusas de um passado nem tão distante assim e que não deveria ter acabado. Eu me lembro das rugas das tuas mãos, do M desenhado nela e de cada ramificação que me fazia sorrir por que você é a única pessoa do mundo que tem uma pinta na palma da mão.

Será que se eu der um jeito de mudar a minha rota consigo desviar um pouco o meu foco? Digo, como é que a gente faz pra desviar o foco da saudade quando o tempo vai nos devorando em obrigações que não são nem um pouco importantes perto da falta que sinto de você? Não tem como parar o vento lá fora e tirar as pilhas do meu relógio que nunca deu jeito nessa angústia que vai se atando no meu peito, mas será que você também pensa em mim quando está fora de casa? Não sei falar com você como se nunca tivesse acontecido nada, como se a gente nunca tivesse sido nada, porque eu não sei o tanto de carinho por mim que você guarda no peito. Acho que essa é a parte mais dolorosa de perder alguém, quando vemos o tempo nos massacrando e a linha do trem mudando de rota e separando meus dedos dos teus. E se eu der um jeito de ajeitar as coisas da minha rotina, será que a gente consegue ser um pouco mais feliz?

Deixei teu livro preferido na cabeceira para ir lendo aos poucos, um capítulo hoje, outro quando bater saudade. Fecho os olhos e vou me lembrando de você recitando um verso que dizia: "felicidade só é verdadeira quando compartilhada". Eu tentei, meu bem, eu juro que tentei, mas meu peito vai repudiando e rejeitando, como se descompassasse e não se adaptasse com qualquer pessoa que não fosse você. Você já sentiu como se alguma coisa lá atrás te prendesse em um pretérito perfeito que abre um vazio oceânico dentro do peito quando resolve acabar? Acho que é por isso que dói tanto te fitar de longe, ter que fechar os olhos para te enxergar em um abrigo improvisado de saudade dentro do peito.

Tá doendo aqui dentro porque pensei em te ligar quando desviei de uns carros e passei na rua da tua casa, mas você deve estar ocupada demais agora. E de que adiantaria se não vou poder bater à tua porta pra contar sobre as coisas todas que sinto aqui dentro? Queria te dizer que o silêncio e as buzinas berram no meu ouvido, meu tímpano quase não aguenta as ondas sonoras e as coisas vão se perdendo em um quê de saudade que não aprendi a sentir. Até tentei trancar as janelas para ver se escuto um pouco menos do vento lá fora. Arranquei o relógio do pulso e atirei na parede sem dó nem piedade para ver se dou um jeito de parar o tempo e essa angústia aqui dentro, mas só passa pela minha cabeça as rugas das tuas mãos, o M atravessando a tua palma e o quanto eu era feliz ao teu lado.

Inteiros

Preparo o café enquanto ela arruma a pipoca no balde que a gente trouxe de recordação da nossa última sessão de cinema, sei que ela não vai aguentar acordada até o décimo quinto minuto de filme, mas ainda assim vale a pena. Vai negar depois, como sempre nega, e eu vou rir. Eu vou sorrir quando baixar os olhos e encontrar os dela fechados no meu peito, quando sentir a respiração dela tomando conta do ambiente enquanto sobem os créditos e ela já levou toda a coberta.

Ela abre as portas de casa enquanto o labrador pula em mim, deixa uma marca na camisa branca e eu sei que vou perder uns minutos de sono tentando limpar depois, não vai dar pra aparecer no escritório assim amanhã, mas isso não tem muita importância. O que importa é nós dois deitados no sofá e o rabo dele batendo na ponta dos nossos pés. O que vale é a companhia e o riso fácil que ela dá toda vez que ele sai correndo e derrapa ao buscar alguma coisa pra trazer de volta, vale o jeito que ela gargalha toda vez que ele tira o tapete inteirinho do lugar e a gente rola no sofá.

Faço planos para o futuro, invento um jantar inteiramente nosso numa noite de lua cheia qualquer enquanto ela brada por aí que é melhor a gente viver o agora. Passei a dar um pouco mais de valor para o presente depois que a encontrei. Parei um pouco de projetar os futuros que nunca saíram do papel até agora para planejar uma porção de coisas que eu quero fazer se ela sentir que a gente consegue continuar sendo feliz daqui pra frente.

Sou puro estresse, chuto parede, arranco as cortinas quando alguma coisa dá errado e eu tento me punir. Ela chora e manda embora as coisas todas que pesam dentro do peito de uma só vez, diz que lava a alma, não deixa nada tomar conta dela por tempo demais, tem medo de pegar carinho pela angústia e viver de tristeza por um tempo que a gente não aprendeu a cronometrar. Gosta mesmo é de sorrir. E eu gosto do sorriso dela. E gosto de sorrir com ela.

Escrevo uns versos pra ver se dou um jeito de fazê-la sorrir, ela cantarola pelos cômodos como se fossemos apenas nós dois num universo inteiro. O mundo se fecha e se completa aqui dentro toda vez que ela tá por perto. Não falta nada, e sobra carinho. Dá uma vontade gigante de ficar trancado pra sempre.

Ela cruza a soleira da porta e eu sou inteiramente saudade até a semana que vem, até vê-la voltar e a gente repetir a sessão particular e a respiração tranquila, até ela me olhar nos olhos e sorrir outra vez.

DIZEM POR AÍ QUE EU TENHO ESSA PARANOIA MEIO ESTRANHA

DE QUERER ENCAIXAR VOCÊ EM TUDO, DE NÃO ME DESLIGAR DE VOCÊ UM MINUTO SEQUER.

Fala que ela é meu sonho bom

KODALINE
HIGH HOPES

Ouvi dizer por aí que você desatou a gente e que meu olhar tem um quê de saudade. Dizem por aí que a minha alma sangra por você em uns textos que eu escrevo e que eu nem sinto, mas que todo verso e toda prosa carregam um pedaço de você. Dizem por aí que eu tenho essa paranoia meio estranha de querer encaixar você em tudo, de não me desligar de você um minuto sequer e de ficar olhando em volta, procurando por entre as esquinas e as avenidas movimentadas pra ver se eu te encontro na janela de um ônibus ou na descida do metrô, e então eu corro, corro tanto que nem me preocupo com a voz ofegante e o rosto avermelhado. Dizem, e eles têm toda razão.

Você manda uma mensagem e muda a história de um dia que tinha tudo pra fazer parte dessa minha rotina fracassada enrustida no calendário. Não escondo o imediatismo, a pressa engolindo as sílabas antes que você mude de ideia e vá embora. Eu sou de lua, e você conhece bem o meu jeito meio imaturo de gostar de você. Essa coisa de não ligar pro orgulho, porque se eu me agarrar nele, como é que eu vou me agarrar em você? Você diz que sente falta e que se lembrou de mim. Finjo que sei, que acredito, que aprendi a encarar essa distância toda que separa nós dois. Só que é ainda nas coisas que eu sinto por você que eu tenho me agarrado pra me sentir um pouco mais feliz.

Você passa por mim e finge que eu não existo. Por que é que a gente sempre precisa transformar o outro em desconhecido depois da despedida? O nosso problema é que com a gente nunca teve despedida, meu bem. A gente sempre deixa essa ponta com nó por atar pra não precisar desatar nós dois depois. Só não admitimos isso. A gente redesenha a história toda de nós dois em uns rostos desconhecidos pra ver se encontra outro norte. Só que norte de verdade na vida só se encontra um, o resto é tentativa desesperada de fuga pela tangente – ou pelo sul.

Ouvi dizer por aí que você desatou a gente e que meu olhar tem um quê de saudade. Tem, meu bem, e minha alma sangra por você em uns textos que eu escrevo por aí. Porque eu te escrevo e reescrevo nas histórias de Nicholas Sparks e John Green em uma vitrine qualquer, e grito aos quatro ventos por aí que eu sou de lua e que minhas estrelas todas são você. É que você sabe. Eu sei. A gente tem dessa coisa de nunca desatar os nós, de sempre bater à porta antes da despedida quando a gente sabe que é o fim, só pra ter um motivo pra voltar. De deixar o barbante todo que carrega a nossa história com a ponta em aberto, desfiando-se em uns finais alternativos pra ver se em algum deles a gente se esquece de vez ou se entrega de uma vez por todas.

Quanto tempo a gente ainda tem?

RIHANNA
STAY

Será que dura tempo suficiente? Digo, talvez tempo nenhum seja suficiente, mas a gente vai continuar sendo desse modo até quando? Pergunto porque sinto uma sensação chata quando paro para pensar nisso, parece mesmo é que um anzol desce pela garganta e puxa os órgãos goela acima. Não sei se você já sentiu isso, mas a hora em que mais dói é quando rasga.

Houve uma vez que eu senti essa mesma coisa e achei que nunca ia passar. Tinha recém-completado dezoito anos e tava duas horas longe da casa dela. Contei moedas pra pagar o metrô, caminhei duas horas com um sol do caramba batendo na cara para ela me dizer que não queria mais. Pensei que tava tudo certo quando ela me ligou para passar lá no fim de semana, pensei que encontraria um suspense barato e uma taça de vinho. Difícil mesmo foi encarar o terror psicológico na volta pra casa.

Fico me perguntando isso porque nunca sei o que vai ser de mim se acabar. Teve um dia em que a gente acabou chegando em casa encharcados porque a porcaria de um ônibus passou acelerando na poça da água, lembra? Eu poderia jurar que você sentiria raiva, chutaria parede quando entrasse pela porta dos fundos, sujaria tapete, arrancaria a roupa correndo assim que chegasse em casa. Mas você riu. Riu e pediu aos céus que o desgraçado estivesse do lado oposto da próxima vez.

Soltou um palavrão dois dias depois. E eu, que me policio tarde e noite para tentar ser um alguém mais calmo todos os dias, abri um sorriso enorme quando ouvi. Você, bem, você não tava nem aí quando percebeu a cara de tapado que eu fiz quando ouvi. Sabia que não era algo ruim, eu percebi, mas não fazia ideia de que você já tava criando raiz aqui dentro.

Tem todo aquele papo de a gente se apaixonar pelos próprios defeitos quando os enxerga nos outros, não tem? Tenho uma sensação chata de que tô forçando a barra quando perco o controle da garganta e deixo escapar uma barbaridade dessas. Tenho tanto medo do que as pessoas pensarão de mim que às vezes me esqueço de ser natural. Termino com medo de me perder de vez e de não me encontrar mais quando isso acabar.

Fiquei ali, quietinho no meu canto, torcendo para você não notar. Se me olhasse, talvez tivesse reparado no modo com que eu sorria e sacudia a cabeça de um lado pro outro, me sentindo o ser humano mais imbecil do mundo por me pegar me apegando a você. Mas ainda assim feliz.

A verdade é que meu dia a dia já não funciona da mesma forma e eu não tenho tanta certeza assim se quero mesmo saber. De vez em quando a gente não precisa. De vez em quando estar junto já é suficiente. E o tal do tempo já nem importa tanto assim.

Não aprendi a dizer adeus

LINDA EDER
I DON'T KNOW HOW TO SAY GOODBYE

Ela disse que tentou costurar uns finais alternativos nos quais éramos felizes e não existia um medo bobo de ver tudo ruir dois dias depois. Disse que tentou remendar e colar de novo um monte de coisas dentro de si, tentou forçar para dentro do peito um sentimento bonito de que a gente se bastava, mas vontade nunca levou o amor para frente. É por isso que bate a porta e eu fico trancado no escuro do lado de dentro, tentando me apoiar nos móveis pra reaprender a caminhar outra vez.

Acho bonita a sinceridade de quem reconhece que não depende muito do esforço que nós fazemos para que a mágica aconteça. Mas isso não faz a gente digerir mais fácil o sentimento de abandono. A história criou raiz aqui dentro, mas não aconteceu o mesmo dentro dela, por mais que ela reconheça o encontro e o quanto tenha gostado de mim. Gostou dos meus modos, reconheceu alguma coisa bonita na minha maneira de cozinhar um risoto improvisado numa sexta-feira à noite e encontrou um monte de motivos que poderiam nos fazer dar certo juntos, mas isso não dependia dela.

Dizem por aí que a gente não escolhe amor e é por isso que se torna difícil acreditar nele depois de um tempo. Quando alguém não escolhe a gente, mesmo que num ato inconsciente, sobe uma sensação de abandono. Quando se despedem e agradecem a estadia, começamos a pensar que talvez a culpa tenha sido inteiramente nossa. Quando batem à porta do quarto, tentamos revirar as gavetas para encontrar alguma justificativa para o porquê de o outro ter simplesmente ido embora.

Não deu pra gente ajudar o outro nas noites de terça-feira em que bateu insônia e um sentimento vazio tomou conta do peito. Não deu pra encontrar beleza no pôr do sol na beira da praia, por mais que o outro tenha tentado conosco também. Não deu para deixar tudo um pouco mais calmo, por mais que o outro tenha deitado a cabeça no nosso peito para chorar no fim de um domingo qualquer. Não deu para matar algum fantasma que habitava o peito dele porque não somos nós que vamos fazer adormecer o que ainda o assusta, não somos nós que conseguiremos vencer uma batalha que é inteiramente dele.

Pessoas vêm e vão o tempo inteiro das nossas vidas, o difícil é entender por que as coisas precisam ser assim quando a gente consegue encontrar alguma coisa bonita em uma delas.

Não é de um amor inteiramente novo e sem receios que ela precisa agora, não é de mim que vai precisar para se sentir um pouco mais segura, por mais que tenha gostado da maneira com que a gente conseguiu ser feliz enquanto insistia em tentar. Ela sai e bate a porta, mas eu fico. E tento reconhecer o quarto no escuro. E tento me reconhecer outra vez.

É a última vez

Esta é a última vez que eu tento reverter um fim decretado como quem ainda acredita que as coisas podem reacender, digo pra mim mesmo enquanto olho no espelho. É a última vez que tento cravar afeto no teu peito e mostrar que o mundo consegue ser bonito apesar do caos cotidiano programado pra pisar na gente.

Não consigo pensar nos trabalhos da faculdade, nos prazos a cumprir, no carro que preciso buscar na oficina, na falta de sorte que tive na semana passada em sair de casa e esquecer o guarda-chuva mesmo depois de ter visto a previsão pra um dia ruim. Não consigo pensar em nada além dessa minha insistência burra. Eu só insisto, insisto mais um pouco todos os dias pra ver se faço você sentir um pouco de paz na maneira como tento me doar pra você, pra ver se você percebe o tanto de tempo que eu espero você voltar e bater aqui em casa, pedindo desculpas pelo descaso e dizendo que a gente consegue começar do zero se o mundo lá fora quiser.

Sempre me esqueço de prestar atenção na previsão, vivo nesse instante utópico de certeza de que vai fazer sol lá fora toda vez que eu resolver sorrir pra vida. Talvez tenha sido por isso que não tenha previsto a partida, a falta de chão que senti quando você cruzou a porta e disse que não sabia quando voltava. E eu só esperei. Esperei pra ver se seria essa noite ou no fim de semana que vem, fiz vigília pra te contar que sinto saudade e que presto mais atenção no movimento das nuvens a partir de agora.

Comecei a prestar mais atenção no noticiário de uns tempos pra cá também. Comecei a reparar em um punhado de coisas que nunca foram importantes quando tinha você. Abri o peito para chuva bater no tórax. Esbocei o movimento das nuvens no céu pra ver se conseguia prever quando a tempestade iria passar. Organizei as gavetas do criado-mudo do lado direito da cama para ver se preparava os espaços para você outra vez.

Tenho seguido as recomendações da previsão nos últimos tempos. Fecho as janelas depois de as cortinas tremularem uma só vez. Será que se eu fechar o peito consigo fazer as coisas se acalmarem aqui dentro por um tempo também? É primavera lá fora, dá pra notar na paisagem a mudança das cores trazendo vida outra vez, mas como é que a gente faz pra mudar a estação que está dentro da gente?

Vivo nessa insistência burra de manter você aqui dentro enquanto os quadros e as paredes e os astros e as previsões no noticiário dizem que é tempo de renascer. Vivo nessa saudade chata que me faz esquecer o resto, me faz esquecer o tanto de coisas que eu deixo para trás quando tento me atirar em você mais uma vez.

É a última vez, digo pra mim. É a última vez que faço vigília para esperar você antes de dormir.

Eu não posso deixar o dia acabar

KODALINE
ALL COMES DOWN

Se você soubesse cada uma das coisas que senti quando encontrei você hoje mais cedo, entenderia essa minha atitude paradoxal de ficar lendo e relendo nossa conversa, passando a barrinha de cima a baixo no celular duas ou doze vezes enquanto espero o maldito do sol-que-não-nasce-nunca e vejo o tempo passar, por mais que eu tenha que acordar cedo amanhã. Acho que todo mundo tenta prolongar o dia quando ele tem um quê de amor e um monte daquelas coisas que fazem bem pra gente — por que a gente nunca quer que ele termine, né? É por isso que eu fico aqui, lendo e relendo os nossos diálogos amarrados com meus discursos limitados tentando te dizer o quanto eu te quero bem.

Houve um tempo em que eu tinha um medo danado de ver as coisas assim. Tinha medo de enxergar a vida desse jeito bonito por causa de alguém. Medo de sentir uma vontade estranha de ficar preso pra sempre em um dia útil qualquer em que teve amor e teve a tua mão na minha. Um medo gigante de encostar a cabeça no travesseiro sem que o pensamento ficasse vago e tivesse nome. Sofria de um pavor singular de que a minha saudade tivesse nome e endereço; tivesse um corpo feito de carne, sangue e coração, e ainda assim não fosse palpável na hora de dormir.

É que eu te carrego feito um fardo nas costas faz um tempo. Te carrego no peito de um jeito meio pesado demais, porque talvez você nunca realmente quisesse fazer morada ali. E então você me olha e diz que me ama. Olha pro chão e pede pra que eu nunca mude, que eu fique por aqui pelo maior tempo possível.

Você errou, eu errei e a gente é assim mesmo, um amontoado gigante de erros e falhas que ferram o outro, que machucam e rasgam a pele feito navalha no dia a dia. Que fazem com que a gente fique uma semana ou um ano sem se falar, até reparar nas caixas rasgadas e perceber que remédios de tarja preta não curam feridas quando o nosso soro vive no outro.

Acho que é por isso que mantenho os olhos abertos — por mais que eles já estejam secos e surrados pelo efeito da claridade —, esperando o sol nascer, numa tentativa vã e desesperada de fazer o dia nunca acabar. Por que se nos outros dias não tinha você, nesse tem. Se nos outros dias não tinha afeto, carinho e essas coisas todas que fazem o preço que a gente paga pelo amor — mesmo que em parcelas caras demais — valer a pena, nesse tem. Se nos outros dias não tinha você e eu juntos, só tinha cada um num canto, reportando um discurso mal contado de que o outro não importava mais pra gente, nesse tem. E é por isso que eu não posso deixar o dia acabar. Eu não posso acordar e perder você outra vez.

SE NOS OUTROS DIAS NÃO TINHA VOCÊ E EU JUNTOS, NESSE TEM.

POR ISSO QUE EU NÃO POSSO DEIXAR O DIA ACABAR. NÃO POSSO ACORDAR E PERDER VOCÊ OUTRA VEZ.

Não lembro direito

DAMIEN RICE
I REMEMBER

De uma hora pra outra acontece e o grito se dissipa em uma saudade não programada. Parece que o mundo inteiro se mistura dentro da gente e tudo fica com um gosto de mesma coisa aqui dentro. O paladar falha. Li uma vez que nos faz falta imaginar um monte de histórias que nunca foram verdadeiras pra justificar a agonia brotando do lado de dentro. Talvez seja isso mesmo.

Não me lembro bem, mas acho que foi num quatro de setembro quando eu te disse que a gente poderia contar essa história de outro jeito e nem tudo precisava ser tragédia. Você sorriu e agradeceu o otimismo, olhou para o lado e disse que talvez não desse mesmo pra ser assim, desse modo utópico de levarmos as coisas com a barriga, achando que tudo vai ficar bem no fim.

Não tenho certeza, mas foi num doze de março que te vi indo embora e senti o berro se transformar em ausência. Tentei gritar antes de você chegar ao estacionamento, mas só consegui escutar o som do eco, será que você me ouviu? Será que sentiu algum receio ou alguma fraqueza brava que pede pra ficar e tentar só mais dessa vez? Senti a garganta dar nó dois dias depois, mas não sei se foi por conta do grito ou por não conseguir digerir as coisas direito.

Me lembro do dia em que puxei você pra fora da sala e te chamei pra uma valsa. Não sei dançar, mas prometo que tento não pisar nos teus pés, prometo que improviso um molejo de última hora pra não te deixar presa ao meu modo travado de fazer as coisas. Travo o corpo, travo a goela e nenhuma dessas coisas é por mal, por mais que talvez você não entenda. Talvez nunca tenha entendido de verdade cada um desses detalhes que um dia foram da gente.

Lembro de quando eu disse que deixaria de lado um pouco das obrigações pra te encontrar no final da tarde. Mas você não podia, nunca pode de verdade, nunca mais foi a mesma depois daquele quatro de maio em que disse que me amava. Me lembro da lua no lado de fora, lembro do sol na manhã seguinte e da forma como o mundo ameaçou desabar sobre os ombros duas semanas depois.

A primeira coisa que pinica dentro da gente junto com a falta é a certeza dos dias em que fomos felizes e de que talvez nada volte a ser como foi um dia.

Talvez nunca tenha sido também.

Talvez eu não me lembre bem, não tenho certeza. Tudo o que eu sei é sobre a falta que sinto. Sei do buraco que vai se abrindo e abrindo e abrindo e abrindo um pouco mais de espaço para o nada, deixando um eco gigante aqui dentro que pede para ser ouvido. Será que você escuta o silêncio berrando dentro do quarto na hora de dormir? Parece que vai furar o tímpano, sobe uma dor para a cabeça e uma vontade enorme de chorar. Mas se isso acontecer, talvez você também não escute os soluços.

Tá cutucando aqui dentro

JAKE BUGG
A SONG ABOUT LOVE

Havia recém-terminado o café da xícara quando escutei pela primeira vez o barulho da chuva. Fechei os olhos porque as coisas sempre caminham desse mesmo modo quando o mundo despenca lá fora e eu me tranco aqui dentro. Não teria muito o que fazer. Não teria nada além de os pés esticados em cima do sofá e a claridade vinda da televisão dançando no teto.

Geralmente, passo noites e mais noites assim antes de resolver tomar coragem e seguir a vida outra vez. Compro garrafas e mais garrafas de um Cabernet barato e convido o silêncio para ser companhia enquanto abaixo o volume ao meu redor. Resolvi abrir uma delas, mesmo sabendo que o meu estômago não passaria a noite ileso por conta da combinação medíocre com cafeína.

Só fiz isso porque me lembrava ela. Lembrava o jantar em que eu inventei uma série de motivos para justificar o porquê de a etiqueta mandar no posicionamento dos talheres. Ela não entendeu bulhufas. Nem eu entendia o que estava inventando, mas estava nervoso demais para ficar quieto e baixar os olhos. Rimos quando uma criança esbarrou no garçom fazendo o jantar de alguém cair por terra. Queria que a terra diminuísse a velocidade naquele momento.

Depois disso, logo depois de acertar a comanda e pegar os casacos das costas da cadeira, foi que eu senti a chave girar aqui dentro. Ficou tudo escuro até o momento em que eu comecei a me localizar no tato. Eu já havia me sentido assim antes, sabia exatamente como as coisas caminhariam dali em diante. Até que ela suspirou e olhou nos meus olhos para dizer que eu era especial.

Queria guardar aquela noite comigo por um tempo, queria que ela pegasse e marcasse no calendário para não esquecer o desenho dos meus olhos quando revisitasse os meses anteriores. Costumo fechar um mais que o outro na hora de sorrir, acho feio pra caramba, mas ela jurou que era charme.

Agora já se passaram três dias e eu ainda não sei o que devo fazer com isso que tem brotado aqui dentro. É que bate um medo. Por isso eu estico as pernas e encaro as luzes mudarem de tonalidade no teto da sala. Abro uma garrafa de vinho e deixo o resto na ponta dos lábios. Sorrio desesperado como quem pede aos céus que a mesma cena esteja acontecendo do lado de lá.

A gente já devia ter se acostumado com despedidas

AVRIL LAVIGNE
WISH YOU WERE HERE

Última chamada para o portão de embarque. Essa é uma daquelas horas em que não dá pra ser racional, não dá pra pensar com um pingo de sensatez porque a gente nunca está preparado pra isso. Despedidas fazem parte da vida da gente o tempo inteiro, nós é que nunca aprendemos a lidar com elas. Da mesma maneira que vai ser penoso pra caramba lidar com a vida sem ter você por aqui.

A cada vez que eu te olho e percebo que você tá indo, que você já foi e eu nem percebi, que você vai e talvez a gente não se veja de novo, eu sangro. Sangro por dentro, meu bem, e não é aquele sangrar natural do coração bombeando as artérias, é um sangrar doído, uma hemorragia diferente que foge daquelas coisas todas que a medicina tenta entender porque é só da gente. E você não sabe como isso me devora por dentro, como isso me consome aos poucos por saber que você vai embora pra ganhar o mundo enquanto eu ganho esse vazio doído no peito.

É que eu tenho um medo gigante de que você descubra que o teu lar é lá e não aqui. Que os meus braços foram só uma moradia passageira naquela tarde em que eu fui abrigo pra você. Porque quando eu tocava na tua mão e você me olhava no fundo dos olhos no meio daquela multidão eu sentia o mundo inteiro ao alcance dos meus dedos, como se ele nunca fosse fugir dali. Como se o mundo não levasse e trouxesse a gente de volta o tempo inteiro. Como se ele nunca fosse te levar pra longe de mim.

111

Pra quem é que eu compro chocolates a partir de agora? Pra quais olhos eu olho no meio daquele café movimentado enquanto o mundo inteiro passa lá fora e a gente nem vê? Pra quem é que eu ligo e digo que vou no fim de semana, que inventei uma rinite brava pra fugir do plantão e poder te encontrar num aeroporto ou num terminal rodoviário qualquer? Como é que eu faço pra me despedir de você sem que você leve um pedaço inteiro de mim pro outro lado do mundo?

Última chamada pro portão de embarque. Me esvazio de você e me inundo desse vazio nada bonito que preenche o meu peito. Beijo tua testa enquanto procuro pela janela do terminal alguma estrela cadente que realinhe as minhas órbitas e realize meu pedido de te fazer ficar – ou que me leve junto, tanto faz, só peço que não me deixe aqui sem você. Te olho nos olhos e digo que eu fico. Fico, mas meu coração vai sagrando, embrulhado na tua mala. Fico em carne e osso, porque meu peito não vai se adaptar sem você aqui. Te olho e te digo que não te abandono, meu bem. Digo que vou estar lá quando você precisar de uma fuga ou procurar por alguma estrela qualquer no teu céu. Porque daqui, do outro lado do mundo, eu prometo, juro de pé junto que direciono o sol e foco todas minhas forças e toda claridade pra iluminar a tua estrela. E faço isso pra você se esquecer do oceano, dos prédios, das pessoas e do mundo inteiro que separa a gente. Pra você fechar os olhos e se lembrar de mim.

Sol

TIAGO IORC
EU AMEI TE VER

Ela diz que não entende nada de signos, mas pretende tatuar os quatro traços de gêmeos no lado direito do corpo. Fala isso enquanto olha para os lados e esboça um sorriso, sinto como se tivesse encontrado alguma coisa que eu nem sabia que procurava. Penso em desenhar meu mapa astral pra ver se entendo alguma coisa, mas não faço ideia das coordenadas. Só tem uma coisa da qual eu estou certo, o meu sol vive nela.

Fico quieto um pouco porque acho que é melhor manter as coisas todas organizadas em caixas, tudo sob controle, sem precisar revirar agora, sem precisar abrir o peito e mostrar as badaladas que tudo tem dado aqui dentro. Ela reclama, ri enquanto condena meu jeito de não tirar os olhos dela no meio do café. Sente vergonha. Ela não entende, e eu também não, mas alguma coisa me prende e puxa os meus olhos toda vez que ela sorri.

Conto da minha vida e pergunto da dela. Quase deixo as coisas todas escaparem pela boca no exato instante em que ela fala da família. Projeto um monte de coisas e fico imaginando. Me insiro em cada pequeno detalhe e pareço uma criança boba que ganhou o que queria no natal. Quase queimo a língua com o café quente, mas ela ri do meu jeito, então tá tudo bem.

Torço pra que não repare nas minhas mãos suando. Tenho medo que perceba as frestas abertas do meu peito e me estenda os braços. Vai ver ela me segura agora e me mantém em segurança até eu perder o medo. Talvez me deixe escapar por entre os dedos feito areia. Prefiro a dúvida a ser despejado vinte e quatro horas depois e me sentir a deriva outra vez. Autodefesa fajuta.

Deito com ela pra olhar os planetas e a lua cheia. Falo das constelações como se entendesse alguma coisa, desvio o assunto toda santa vez que fala do passado e do quanto o caminho foi torto até aqui. Tenho medo de parecer fraco, um pavor danado de me pegar sorrindo outra vez e me enxergar virando pó na manhã seguinte. Solto um sorriso cirurgicamente programado para parecer triste. Vai ver ela percebe por mim que tudo isso não passa de ilusão.

Tô com aquele medo chato que vai cutucando com vara curta o lado esquerdo do peito. A ponto de explodir e respingar nela cada uma das coisas que eu guardo aqui dentro. Ela baixa os olhos e ri do meu modo acuado, mas se pudesse ler meus pensamentos, entenderia cada uma das coisas que eu falo e não digo.

Penso em botar as cartas na mesa, mas guardo o baralho no bolso. Não sei se ela chega a ver, mas eu já nem consigo segurar mais o sorriso. Escapa pelos cantos, reflete na retina. Levo um choque no exato momento em que os meus olhos encontram os dela. Desvio cinco segundos depois e me despeço antes de me despedaçar por inteiro.

Vou embora e finjo que tá tudo bem, mas a verdade é que não tá. Tô sentindo aquela coceira estranha, uma sensação bonita de que eu já não sou mais meu — pelo menos não por inteiro. Fico olhando o céu e penso em catalogar, desenhar no teto do meu quarto as estrelas que eu enxergo pra ver se entendo alguma coisa ou se encontro algum sinal que esclareça cada detalhe na minha cabeça.

Talvez eu rabisque os astros e a encontre.

Talvez da próxima vez eu não tenha medo de dizer o quanto amei vê-la.

A gente sempre se salva

JON MCLAUGHLIN
BEAUTIFUL DISASTER

Você aí correndo na rua como se o mundo fosse teu e como se estivesse tudo bem. Parece que a vida sorri o tempo todo, não parece? Só se for pra você. Por aqui tem um pouco de dor e um pouco de falta de significância, acho que você esqueceu de ligar um pouco pras coisas desde a última vez. Disse que voltava, não disse? Eu só esperei.

Enquanto isso, eu cravo os dois joelhos no chão e curvo o peito. Esqueço de fazer reverência para pedir um pouco de piedade. Um dia volta, um dia encontra seu lugar. Um dia vai embora e percebe que despedidas não são tão importantes quanto parecem. Servem só para deixar uma marca em algum canto escondido na pele que talvez não tenha como reverter. Mas o talvez já não serve mais.

Coloca os pés na estrada e resolve conhecer o mundo. Eu só lembro de quando você disse que o mundo da porta para fora não importava tanto assim. Importava o lar, não o monte de prédios e o tanto de concreto que as pessoas usavam para fazer reverência ao fato de estarem vivas. Valia viver enquanto era tempo. Valia isso aqui. Mas não vale mais.

Tanto fez e tanto disse que agora está aí, gastando a sola dos sapatos como se procurasse por abrigo. Doeu no início, doeu quando você percebeu de súbito que não dava mais e esqueceu de me avisar. Eu só percebi duas semanas depois, quando você apareceu com outro rosto num outro canto do mundo que não do meu lado. Mas passou.

Passou e eu juntei as mãos como quem pede aos céus um pouco de abrigo. Eu sabia que demoraria um tempo, sabia que não seria assim, de uma hora pra outra. Mas ia acontecer. Sempre acontece, por mais que tenham nos deixado esperando na beira da estrada.

Você me pedia para não correr para não perder as coisas do mundo e agora está aí. Não olha em volta, não percebe o quanto o teu sorriso anda amarelo quando encara o espelho. Não sabe ainda se segue em frente ou se volta, da mesma maneira que eu não tinha certeza de que iria me salvar depois de tudo.

Mas a gente sempre se salva.

E você aí correndo na rua como se o mundo fosse teu.

Parece que a vida sorri o tempo todo...

Obrigado pelo encontro

ED SHEERAN
ONE

Eu não tenho a menor ideia do que sinto no exato instante em que bato a porta do carro e subo correndo as escadas da garagem. Bate aquela incerteza alegre de que não sei por onde tô indo, não sei se te encontro no fim da trilha ou se a gente só se cruzou agora por obra do acaso. Só sei que foi bonito. Foi bonito o encontro e a maneira como você sorriu e baixou os olhos. Pediu desculpas pela falta de jeito quando deixou o talher cair. Desculpa eu. Desculpa por não ter ficado para ver o sol nascer com você.

    Tento manter a cabeça atenta nas coisas que faço e preciso fazer, vou numerando cada uma das tarefas pra não me perder, mas algum fragmento me prende a você. Brota uma vontade desequilibrada de largar as coisas todas e bater à porta da tua casa, de te chamar pra dar uma volta na orla enquanto o sol ameaça despencar lá fora. Uma vontade louca de tirar os sapatos e molhar os pés, tirar as máscaras e te olhar nos olhos, te pedir pra correr comigo pela areia sem se preocupar com o que o mundo vai oferecer pra gente amanhã.

    Brinco com o espelho no qual não me reconheço e gosto dessa nova versão de mim, do novo reflexo, dessa parte nova que nasceu junto com você e os teus trejeitos que eu incorporei. Vou inserindo em mim um pouco dos teus gostos e da *playlist* apressada que você me apresentou, vou relembrando o gosto no paladar e floresce uma vontade louca de me lambuzar e não me preocupar com as manchas na camisa. De me lambuzar e não me preocupar em limpar o canto do lábio. De me lambuzar e deixar a sujeira intacta para poder relembrar o teu gosto depois de desejar boa noite.

Passam trinta e uma coisas na cabeça e nada disso importa muito. Queria te ligar agora para agradecer a tua companhia, queria pegar o telefone e discar cada um dos números sem precisar procurar na agenda, com uma certeza quase absoluta de que é você e de que vai ser assim agora, mas quem é que liga cinco minutos depois de abraçar na portaria do prédio? Tenho medo de te assustar e de não saber lidar com essa convicção apressada brotando dentro do peito. Será que o tempo é importante de verdade quando a gente se permite se apaixonar por alguém?

Não sei se dei sorte, mas agradeci ao universo por via das dúvidas. Me peguei feito um bobo vendo as estrelas antes de dormir, mas não consegui mapear os céus, não consegui bolar uma teoria sensata que explique a maneira como você entrou na minha vida. Só lembro de alguma coisa atravessando o meu peito no lado esquerdo, alguma coisa criando raiz ali dentro e provocando aquela coceira gostosa que repuxa o riso.

Não tenho a menor ideia do que a gente vai ser amanhã, mas isso não importa muito agora. Importa o peito extravasando, a maneira como eu despacho a energia subindo as escadas correndo com um sorriso no rosto. Importa a forma desajeitada como eu me jogo na cama e fico encarando o teto, agradecendo ao universo por ter encontrado alguém que me faça sentir vivo outra vez.

Eu tentei

DAMIEN RICE
COLOUR ME IN

Eu tentei deixar isso um pouco de lado pra ver se sentia falta e atestava o que martelava de verdade. Tentei reprimir aos poucos mesmo que isso não fosse honesto com meu coração. Não era nada com você, o problema sempre foi comigo mesmo. Acho que, com o tempo e com as pancadas que vamos tomando no meio do caminho, bordamos um escudo meio covarde e meio vulnerável de quem tem medo de se ferir, de quem tem medo de sentir demais por quem quer que seja, como se isso adiantasse alguma coisa.

Uma semana depois, estendia a mão pra beijar a tua. Baixava os olhos de vergonha, porque meu rosto corava e eu poderia jurar que você me enxergava por dentro, via cada pedacinho de cada sentimento que ia tecendo por você. Como se meu peito fosse aberto e tivesse um zíper. Como se meu coração estivesse em uma vitrine com uma plaquinha de papel avisando que batia por você. Avisando que te carregava para cada canto aonde eu ia e me escondia, tentando desaparecer nem que fosse por um minuto, nem que fosse pra viver numa utopia improvisada em que tudo isso o que eu sentia por você era certo.

Então tentei te apagar, te desbotar aos poucos com excesso de luz, com as janelas todas abertas. Quase enlouqueci. Acho que tentar controlar a coisa toda brotando dentro do peito é uma das maiores violências que a gente pode cometer contra si mesmo. É quase como negar uma parte de nós, ir dizendo que aquilo não nos pertence e nem nunca pertenceu. Nunca pertenceu? Se não pertencesse, nunca teria feito morada. Era o que repetia pra mim e é o que eu sigo repetindo pra ver se entendo que de nada adianta bordar um escudo, nunca escolhemos quem vamos manter por perto para caminhar no arpoador quando a noite ameaçar despencar sobre o mar.

Segui tentando. Um pouco na hora de dormir, outro tanto na hora de acordar na manhã seguinte. Até peguei o escudo na mão e me senti o Capitão América, me senti protegido por alguma armadura que era vulnerável porque nunca fez parte de mim de verdade. Era só uma bugiganga barata que eu usava para tentar enganar meu peito. Até pensei em te chamar pra caminhar na orla antes de o inverno chegar. Até pensei em colocar Caetano para tocar, só para ver se os teus gostos combinavam com os meus ou você gostava da melodia, só para ver se encontrava uma justificativa lógica pra te encaixar na minha vida.

Tentei pegar o sentimento inteiro nas mãos e jogar fora, mesmo que isso queimasse as pontas dos meus dedos por arder demais aqui dentro de um jeito bonito que eu nunca soube explicar. Mesmo que meus olhos parassem de se envergonhar e meu rosto não corasse mais. Só para me sentir um pouco mais seguro, só para me sentir um pouco menos vulnerável. Balela. Fuga nenhuma faz efeito quando a gente já se entregou de mãos e pés atados pra outra pessoa. Só faz o processo ficar um pouco mais doído. Como se pra ser amor precisasse ter um pouco de ternura e um pouco de pele rasgada em uma ferida exposta pra ser de verdade.

Um ano depois eu estendia as mãos para ver se encontrava as tuas. Erguia os olhos pra ver se encontrava os teus no meio da multidão, pra ver se assim eu conseguiria sentir mais uma vez a sensação do rosto corado e o coração palpitando descompassado. Pra puxar o zíper do meu peito para baixo e te mostrar que cada pedacinho aqui de dentro ainda palpita por você. Pra te contar que eu joguei o escudo fora dois dias depois de ter te conhecido, só para arriscar todas as minhas fichas na esperança de provar para mim mesmo que tudo o que sentia por você era certo, mesmo que isso queimasse as pontas dos meus dedos e o meu peito inteiro por ainda não ter você.

Acho que sentirei saudades

Ela segurou na minha mão e perguntou se acredito em despedidas e na cura de corações partidos. Acredito, sim, assim como acredito que todo encontro faz brotar alguma coisa bonita dentro da gente. Sorriu e perguntou se sentiria saudades dela um dia. Espero que não, sussurrei, espero que nunca. Espero nunca precisar deixar você no passado.

Me contou da família e da aula no dia seguinte. Perguntei se ela tinha alguma fé de que tudo acabaria bem e se aceitava me levar para um café um dia desses. Lembrei de quando ela falou da decoração de um restaurante na Paulista e senti as pernas dela sacudirem por baixo da mesa. Aconteceu alguma coisa? Não sei, tô sentindo um nervosismo bonito aqui dentro. Ri da sinceridade e corei da ternura que eu sentia invadindo o peito.

Ela me conta sobre ciências e uma série de coisas que eu nunca vou entender. Um amontado de nomes estranhos demais para entrar na minha cabeça que é senso comum demais, mas sinto alguma coisa cutucar aqui dentro. Sinto vontade de escrever alguma coisa pra deixar registrado o afeto e conto que li sobre a gente num livro um dia desses. Pergunta da sinopse e eu reporto sorrisos. Te empresto o livro se quiser. E me empresto pra você nem que seja para ocupar um lugar de carinho na tua cômoda.

Bebe um gole de vinho enquanto olho os relógios. Não, eu não quero apressar o tempo, me explico pra ela, o que eu quero é congelar o mundo inteiro neste segundo de ternura em que você passa o polegar pelas costas das minhas mãos.

Me conta sobre um quadro de Da Vinci que conheceu em uma viagem para o outro lado do oceano e imagino uma tela em branco, imagino um pincel nas minhas mãos e os olhos dela no centro do quadro. Não entendo de arte e de nada que mexa com o lado humano que a gente tenta esconder do mundo, mas sou apaixonado por cada uma das coisas que me fazem lembrar dela.

Baixa os olhos e pergunta se já me senti abrigado alguma vez na vida. Abrigo é tudo o que sinto agora, abrigo é todo e qualquer lugar em que ela segura na minha mão e a gente conversa sobre a vida, a família, a faculdade e esse monte de coisas que não importariam para ninguém.

Acho que sentirei saudades no exato momento em que tirar os olhos dela.

Acho que sentirei saudades mesmo sabendo que haverá nós dois num café qualquer no fim de semana que vem.

Cadê você que não está aqui?

BEYONCÉ
SMASH INTO YOU

Pensei em te ligar na noite passada, logo depois de o vinho acabar e eu caminhar lentamente até a cozinha. O trajeto durou duas horas, pelo menos dentro da minha cabeça, até que joguei a porcaria da garrafa no lixo e voltei para o sofá. Tinha você num romance clichê meia-boca, berrando para o lado de fora da televisão: *Faça alguma coisa, cara*. Mas a verdade é que a gente nunca faz.

Foi nessa hora que desceu uma vontade enorme de te dizer um montão de coisas. Todo esse entulho travado na goela. Queria contar sobre um sábado chuvoso em que eu saí para correr na beira da avenida e não percebi que o asfalto estava liso; um fim de semana em que o flanelinha bateu no vidro do carro e levantou uma flor, quase arranquei da mão do coitado para entregar pra você, mas não te enxerguei no banco ao lado; uma terça-feira de carnaval em que eu estava pronto para pular na rua e desisti de sair depois de te encontrar na cabeceira da cama.

Virei a noite naquele dia entre os álbuns de fotografia e os vídeos que gravei na viagem pra serra no ano anterior. Te recortava das fotografias para te encaixar em mim, ficava pensando em como teria sido mais bonito se tivesse o peso do teu corpo deixando meu braço dormente na frente da lareira. Usei uma pantufa escrota naqueles dias, você teria caído no riso se tivesse visto a cena.

Depois de voltar pra casa, quatro dias mais tarde, fazendo compras pra não deixar a geladeira vazia outra vez, foi que eu encontrei você. Olhei para o uísque no teu carrinho, reparei na quantidade de bebida enfileirada na frente das migalhas de comida. Formulei teorias e mais teorias sobre um alcoolismo anônimo até você perguntar se eu estava bem e se apresentar. Não disse prazer na hora. Não disse nada. Se soubesse por onde as coisas caminhariam dali pra frente, teria baixado os olhos para não te deixar ver o desespero que brotava das minhas pupilas.

Não entendi na hora, a gente nunca entende quando o mundo vira do avesso de um segundo pro outro. Só parei e fiquei imaginando como as coisas teriam sido mais bonitas se tivesse tido você. Fiquei pensando besteiras e torcendo para você não perceber as coisas todas que passavam pela minha cabeça. Fiquei morrendo de medo de voltar pra casa e perceber que tudo continua igual e que o vinho aqui continua sendo servido em uma taça só.

Por enquanto, porcaria nenhuma mudou. Penso em vomitar cada uma das fisgadas que sinto no meu peito quando lembro do teu modo de separar as coisas por tamanho na fila do caixa, mas só consigo encher a cara para ver se isso passa. A gente sempre bebe garrafas e mais garrafas de vinho achando que o álcool vai nos fazer esquecer, quando na verdade só traz mais lembranças.

Não quero perder nada

AEROSMITH
I DON'T WANT TO MISS A THING

Foi por você. Os outros ali não entendiam e nem entenderiam se eu tentasse explicar, mas foi por você que escorei a cabeça no vidro e cantarolei uma melodia bonita no balanço do carro no meio da avenida. Foi por você que levantei o som do rádio e sussurrei baixinho, quase coloquei a cabeça pra fora para berrar quando parei no sinal, quase não consegui conter o grito pulsando na garganta.

Foi depois de te deixar na descida do metrô e cortar caminho pela Salgado Filho que eu me lembrei que não tive tempo de te contar sobre a maneira como você deixa escapar um sorriso quando fica sem jeito e sobre o tanto de forças que eu coloco em cada fibra do meu corpo para odiar o fato de não ter aprendido a me despedir de você. Um beijo na testa e um olhar baixo. Vivo nesse hiato de tempo anestesiado sem conseguir identificar um início e nem enxergar um fim logo ali na frente, torcendo para que as coisas durem tempo suficiente para que eu te leve nos braços.

Há um tempo confessei pra você sobre a maneira como me sinto quando ergo os olhos e encaro os seus. Foi num show lotado em que o estádio inteiro errou a letra e sussurrou seu nome no meu ouvido. Mentira, não sussurrou, mas era como se o tivesse feito, era como se o universo inteiro tivesse parado por um instante e feito silêncio. Cada pequeno detalhe paralisou e voltou ao normal de uma forma imensamente lenta. Ou não tiveram tempo de voltar ainda. Espero que nem voltem.

É engraçado isso tudo porque bate medo. Bate medo que apaguem as luzes e fechem as cortinas. Bate medo de te ouvir pedindo desculpas e beijando o meu rosto na descida do metrô, bate medo de enxergar cada uma dessas coisas e não conseguir estender um pouco mais isso tudo. Desenvolvi uma série de toques estranhos que me fazem montar vigília e contemplar o desenho dos teus lábios pouco antes de fechar a veneziana do teu quarto e te guardar em mim.

É por isso que eu fico aqui parado, com a cabeça no vidro, cantarolando e agradecendo aos céus por ter você. Quase estico as pernas para tirar o celular do bolso e rever as fotos, assistir aos vídeos que você fez enquanto gravava o palco sentada nos meus ombros, reler cada uma das coisas que você me disse como se fossem feitas para marcar alguma coisa aqui dentro feito tatuagem. Como se fossem feitas para me fazerem nunca mais pegar no sono outra vez.

Não adiantaria bater à tua porta

TIAGO IORC
NOTHING BUT A SONG

Pensei em rabiscar saudade na porta da tua casa quando vi a lua mais cedo. Queria te chamar pra ver o clarão no céu e contar da vida, mas a única coisa que eu consegui fazer foi pegar uma garrafa de vinho pra tentar lidar com a tua ausência. Se eu te contar sobre a lua e sobre como sobra sempre um pedaço de você em tudo, será que dá pra gente dividir alguma coisa antes de amanhecer?

De uns tempos pra cá, sou sempre eu e uma garrafa de vinho. Não tem você, não tem carinho enquanto tiro a rolha e sirvo a taça, não tem companhia enquanto eu observo o céu. Nem adiantaria companhia, não adiantaria ninguém que não fosse você. Tentei escrever algum verso noite passada pra encarar essa agonia tomando conta de cada um dos músculos do meu corpo, mas não consegui passar da terceira linha. Desabafei e despejei os detalhes em um cuspe na pia. Não ajudou muito.

Penso em dividir com você cada uma das coisas que um dia foram nossas. Não tinha estrelas e as nuvens escondiam o clarão no meio do céu, dava só pra ver umas manchas escuras e sentir um vento forte batendo no rosto. Dava para sentir o quanto as coisas podiam ser bonitas se conseguíssemos carregar isso aqui por um pouco mais de tempo.

Queria que você tivesse visto a lua enquanto subia e ainda não havia escurecido. Queria que você tivesse visto o pôr do sol entre as nuvens no oeste. Eu queria um monte de coisas, uma série incontrolável de momentos que foram da gente, mas não são mais. Você poderia ter ficado, mas escolheu não ficar. Qual o problema nisso? Qual o problema em tentar colocar nessa cabeça dura que não somos obrigados a dividir a vida com ninguém?

Não adiantaria batida na porta, não adiantaria nenhuma mensagem que te fizesse correr pra varanda pra procurar as estrelas. A ficha caiu depois de bater a porta de casa e deitar no sofá para sentir cada fagulha de falta sozinho. Caiu depois de uma lágrima molhar a almofada. Isso tudo é só meu, essa saudade é inteiramente minha enquanto os outros ainda disserem que você vai bem. Ir bem é pouco demais pra quem já dividiu alguma coisa com você.

Amanhã eu acordo um pouco melhor, eu digo pra mim, amanhã não vai ter beleza nenhuma no céu que me lembre o teu sorriso. Amanhã eu dou um jeito de tentar enxergar qualquer novidade que me permita um novo começo. Amanhã. Por que nunca é hoje, meu bem?

Até lá sou eu e a lua.

Até lá sou eu e a saudade.

O que eu queria era dividir as duas com você.

Um pouco de abrigo

ED SHEERAN
PHOTOGRAPH

Apesar do beijo na testa logo antes de ela virar as costas e descer as escadas de casa, a única coisa que passava na minha cabeça era a vontade que eu tinha de levá-la pra amanhecer comigo. Ficava martelando essa vontade aqui dentro, ficava berrando e bradando dentro do peito o tamanho do carinho que eu consegui registrar enquanto fitava os olhos dela se distanciando aos poucos.

Se o silêncio berrasse logo depois de ela soltar os meus dedos e desejar boa noite, talvez ela conseguisse ouvir em alguma parte distante do horizonte que o meu peito foi inteiramente dela naquele momento. Consegui sentir o eco vindo do fim da rua, consegui sentir o meu peito remexer sozinho oito vezes por segundo antes de enxergar ela abrindo a porta de casa e fugindo do meu campo de visão.

Penso nessas coisas logo depois de bater a porta do carro e precisar encontrar o caminho de casa outra vez, mesmo que eu sinta mais abrigo aqui dentro. Ficou um pouco do cheiro dela no casaco jogado em cima do banco, ficou a marca dos dedos dela no lado de dentro da porta do passageiro. Ficou o desenho e a silhueta do rosto dela desenhados milimetricamente toda vez que eu fecho os olhos e respiro fundo.

Passa pela minha cabeça uma série de momentos antes de eu puxar o cinto e decretar partida outra vez. Tento não acelerar as coisas nem apressar a volta pra casa. Vou tentando esticar o momento pra não me esquecer tão cedo do tamanho de afeto que sobrou aqui dentro logo depois de eu deixá-la em casa.

Rio quando lembro do abraço. Rio quando lembro dos olhares que a gente trocou enquanto eu sentia o mundo inteiro virar e revirar algumas vezes do avesso aqui dentro. Rio quando lembro do ciúme que o irmão dela sentiu logo depois de nós darmos as mãos e eu levá-la pra caminhar, pra formar um pouco de poesia na praça.

Lembro dos passos e das vezes em que eu tropecei no meio do trajeto. Ameacei cair no chão na primeira vez, ameacei levá-la comigo na segunda. Queria ter trazido ela comigo ou impedido o tempo de passar pra não precisar voltar a viver longe dela outra vez.

Apesar de não saber se a verei na semana que vem, a única coisa que eu consigo assimilar é o afeto rasgando o peito logo depois de deixá-la em casa e pedir aos céus pra que tudo fique bem. Sinto alguma coisa pinicar aqui dentro. Sinto uma vontade gigante de nunca mais precisar voltar pra casa.

Quando eu decidia se amaria outra vez

THE CHAINSMOKERS
ALL WE KNOW

Quatro meses depois e eu ainda não sei pra onde direcionar minha vida desta vez. Ela chegou ao exato ponto em que eu tinha de pôr tudo no lugar e decidir se continuaria levando as coisas desse modo. Não pensava em ninguém naquele instante, não guardava lembrança, nome ou endereço nenhum que me tirasse o sono durante as horas da madrugada. Até que tudo mudou.

Uma vez ela pegou um voo sete da noite de uma sexta-feira e bateu aqui em casa no início da madrugada, mas se esqueceu de avisar que não haveria outras vezes. Me buscou no aeroporto dois meses depois, apresentou cada uma das luzes da cidade como se fossem dela e esqueceu de me contar que não haveria um canto na sala onde eu pudesse dormir. Me ligou quatro dias depois para saber se tudo ia bem, mas já não sabia se isso a interessava tanto assim.

O chato da história toda é que foi contra tudo aquilo o que eu coloquei em jogo e não tive tempo de julgar. Talvez teria sido melhor parar e olhar em volta antes de oferecer os braços para ela deitar. Talvez eu devesse ter segurado cada uma das minhas fichas nas palmas das mãos, sem essa intenção chata de querer ser melhor para os outros do que para mim mesmo.

O que eu aprendi depois que ela foi embora, logo depois de eu desistir de deixar tudo para trás e dar uma chance ao meu peito de tentar ser feliz de novo, foi que não adianta porra nenhuma sermos bons para os outros se nos esquecermos de nós mesmos. Podem sorrir para nós, mas não adianta nada se nosso peito não sorrir de volta.

Ainda não decidi se é melhor dar ao meu peito a liberdade de tentar ser feliz outra vez, mas sei que é a única coisa sensata que eu posso fazer. De vez em quando, mesmo depois de terem nos machucado, precisamos fechar os olhos com uma certeza quase utópica de que a vida vai nos sorrir no exato instante em que decidirmos abri-los.

Ela é o mundo

PROJOTA
ELA SÓ QUER PAZ

Não adianta disparar meias verdades porque ela vive de inteiros. Nem adianta pagar de bom moço para destoar da corja de caras que correm atrás dela, pois ela sabe bem que caráter não precisa ser engradecido, por conta do simples fato de que deveria ser natural. Sabe de cada pequeno detalhe que deveria saber quando pisa em um terreno completamente novo e percebe que se apaixonou. Ainda não consegue decifrar os enigmas e nem sabe quanto tempo tudo vai durar, mas solta logo toda uma vida em cima da possibilidade de ser feliz, assim como deve ser.

Ela é uma daquelas moças que vira a gente do avesso com um olhar. E nem adianta tentar entender como as retinas mudam de azul para verde no contato com o sol. Também não adianta tentar catalogar os sorrisos largos e as covas nas bochechas, é só uma perda de tempo desnecessária enquanto você deveria mesmo é se dedicar a sentir como o mundo fica mais bonito ao lado dela. Bate aquela sensação de que coisa nenhuma importa se não os sonhos dela. Bate uma vontade gigante de correr atrás deles como se fossem seus. Mas, no fundo, você sabe que são também. A felicidade deveria ser o sonho de todo mundo que viveu o caos pelo menos uma vez na vida. E a realidade é que a vida é caótica o tempo inteiro.

Essa moça faz brotar dentro da gente aquela esperança inocente em meio à guerra, como se fôssemos só um menino soltando pipa e acreditando que o céu azul é suficiente para deixar a gente um pouco mais feliz e trazer paz. E é incrível a maneira como ela consegue, ao mesmo tempo, fazer a gente armar trincheiras e preparar o armamento pra lutar. Pode ser difícil, o mundo pode bater pra caramba na gente lá fora, mas sobe pela garganta uma certeza absoluta de que a gente não poderia fazer nada diferente disso pra se sentir um pouco mais feliz.

No entanto, não se prenda na certeza de que o olhar manso e o jeito meigo trará a sorte de uma vida calma. Ela odeia calmaria, tem um pavor imenso de ver a rotina devorar uma felicidade não mais ardente. Então, sugiro que inove sempre que conseguir quando estiver ao lado dela. Nem precisa ser grande coisa, ela nunca se prendeu a valores materiais que podem arrancar da gente os valores que realmente importam. E você terá certeza que acertou quando vir um sorriso brotar de súbito naquele rosto manso que, eu juro, dá vontade de perder uma vida inteira encarando quando fica sem jeito.

Ela enxerga em cada pequena possibilidade uma nova chance de ser feliz e resolve botar as coisas todas pra fora de uma só vez em um choro soluçado antes de dormir. Não esqueça de oferecer o ombro nessas horas, nem de se oferecer pra ela todas as vezes que sentir que deve. A recompensa, depois, pode surpreender você de uma maneira que nunca chegou a imaginar.

Ela é brisa de verão e é brasa, um livro inteiro que mistura ação e comédia romântica com final feliz — mas só se ela quiser. Faz a pele da gente arder inteira em uma adrenalina que fica difícil controlar e perder o apreço depois de um tempo. Faz a gente imaginar e colocar em prática umas loucuras que nunca imaginamos nos envolver. Mas, se ela quiser, vale a pena. Caso contrário, melhor aplicar uma perda de memória no coração: ela sabe de cara quando quer você e não vai fazer joguinhos que te coloquem em dúvida por puro capricho.

Ela é um mundo inteiro, cara, e vai ser difícil cair no seu sem se lembrar dela.

Quando um amor termina

AÇÚCAR OU ADOÇANTE?

Tenho um pavor enorme de sair de casa e esquecer as chaves. A fechadura não abre pelo lado de fora e eu nunca lembro de levar casaco, mesmo depois de ter checado a previsão do tempo. Costumo sair com pressa, acordo atrasado todos os dias porque tenho uma certeza absurdamente estúpida de que os cinco minutos a mais de sono vão me ajudar no fim do dia, mas termino sempre cansado da mesma forma.

Ligaram aqui em casa numa noite dessas para avisar que eu havia esquecido o casaco na portaria do escritório. Tenho me esquecido por aí aos poucos, já faz um tempo. Não sei se foi tempo suficiente pra trocar de pele ou se continuo o mesmo do peito para fora, mas dentro de mim eu garanto que as coisas não são como eram. Tentei cavoucar para ter certeza, fiz furos e mais furos em uma superfície acostumada a ser perfurada por revólveres baratos, porque nem com a qualidade da ferida se importavam.

Lembro de um dia, uma quarta-feira de maio, em que esqueci o teu presente de aniversário na mesa da cozinha. Acabamos indo caminhar no parque quando a sobremesa terminou. Passou entrada, passou prato principal, passou tempo o suficiente para você me olhar nos olhos, mas não foi do modo como eu esperava. Passou da hora de pegar a roda gigante aberta. Não deu pra olhar as coisas lá de cima e te dizer o que eu sentia.

No mesmo dia, depois, quando eu te deixei na porta de casa, você disse que me amava. Mentira, não sei se disse. Com o tempo a gente vai alterando inconscientemente as lembranças para guardar alguma coisa bonita. Nem que seja para não precisar recortar uma parte da própria existência e atirar na porcaria do lixo. Nem que seja para não deixar a consciência martelando.

Me perguntaram na manhã seguinte que caralho de coisa eu tava fazendo com a minha vida. Desse jeito mesmo, cheio de palavrões pra ver se eu tinha um pingo de raciocínio. Não soube o que responder, até hoje não sei dizer exatamente o que a gente foi e se aquilo foi mesmo bom. No fim das contas, a gente enxerga as coisas com os olhos fragilmente manipulados para ver apenas aquilo o que nos faz bem.

Foi só com as pontas dos pés já quase mergulhadas no precipício que me lembrei de olhar pra trás. Não sei se você já fez isso, nem se me enxergou quando o fez, mas o coração sobe pela traqueia quando viramos o olhar para frente outra vez. Passa uma vida pela cabeça, dias e mais dias em questão de segundos. Sorte nossa seria se terminasse ali, mas tem muita coisa para voltar pro lugar.

Dizem por aí que, logo antes de morrer, passa uma vida inteira pela frente dos olhos. Cada lição aprendida vai se pondo no seu devido lugar para ir junto com a gente aonde formos. No fim do amor as coisas são assim também, com a simples diferença de que quase que inconscientemente esquecemos trancada pra fora de casa a parte ruim que fez tudo ruir.

Seguindo

BON IVER
HOLOCENE

O radiorrelógio na cômoda do meu quarto está com as pilhas fracas e eu não sei ao certo se o tempo está andando ou se não sai do lugar. Um segundo adiante e logo retrocede. Sem grandes avanços, sem conseguir seguir em frente.

Passei por um período exatamente assim tempos atrás. Programava e programava minha vida para um dia que talvez nunca fosse chegar. Dedicava horas e mais horas à leitura de textos meia-boca para ter o que dizer, passava tardes e mais tardes na academia até esgotar o corpo inteiro pra dormir um pouco mais depressa durante a noite, na esperança de ver o tempo passar mais rápido. Entupia a agenda de compromissos pouco importantes para não ter tempo para pensar demais.

Pensei que haveria um dia em que eu acordaria e as coisas voltariam para o seu lugar. Passei madrugadas e mais madrugadas, dezenas de viagens a trabalho com a cabeça escorada na janela pensando em bater à porta da tua casa e dizer que as coisas estão assim agora. Olha bem, vê se tu consegue tirar algum proveito disso. Tardes e mais tardes escorado na varanda do quarto esperando você voltar no fim do dia, mesmo que isso não aconteça há um bom tempo.

De vez em quando a gente se prende na burra atitude de esperar o tempo colocar as coisas no lugar enquanto esquecemos que isso não vai acontecer se não retornarmos também. Ficamos estagnados por um bom período de tempo. Até que despenca a ficha e bate tontura. Até que o tal dia chega e deixamos tudo pra lá. Até que nosso lugar no mundo muda também, por mais que não parecesse possível.

Depois de você, meu corpo demorou um tempo para conseguir energia e seguir em frente. Passou meses e mais meses andando a passos curtos. Semanas intermináveis e sem grandes avanços. Até que começou a se locomover com um pouco mais de pressa, e parece que a cabeça entra em transe quando isso realmente acontece. Mas a verdade é que nada mudou exatamente, com exceção do ponto exato que é o centro da minha vida.

Me olhava no espelho meio desconfiado, sentia alguma presença que não a minha por perto. Queria dizer para mim mesmo que as coisas são mesquinhas assim mesmo. O coração bate descompassado, a gente aproveita os dias de chuva para aprender um pouco de culinária assistindo tevê. Chega a preparar um prato ou outro. Não tem mais companhia, não tem mais coberta jogada no outro extremo do sofá.

O muro que impede a gente de seguir em frente, no entanto, uma hora cai. Então paramos de andar no mesmo lugar, adiantando um passo e retrocedendo outra vez, para finalmente voltarmos a caminhar por nós mesmos.

O muro que impede a gente de seguir em frente uma hora cai. Então, finalmente, **voltamos a caminhar por nós mesmos.**

Por mais que pareça tudo igual, meu mundo não segue assim

JAKE BUGG
BROKEN

Ela tá seguindo a vida e eu fechei as janelas do quarto. Sempre faço isso quando quero me isolar do mundo pra perceber que as coisas podem seguir normais aqui dentro, por mais que do outro lado da parede nada conspire a favor. Tô aqui catalogando tudo, as fotografias da viagem que eu fiz sozinho pro sul da Itália e a coleção de garrafas de cerveja vazias, porque eu sempre encho a cara quando fico assim.

Ninguém faz ideia do tanto de vezes que eu morro enquanto permaneço aqui dentro. Me jogo na cama, arranco os cobertores e os atiro no chão, deito de lado com a respiração ofegante e encaro o quadro dos Beatles no meio da parede, dobro o travesseiro no meio e o pressiono sobre a face. Vario entre noites de insônia e noites bebendo para dar conta de, em alguma delas, tomar coragem de recomeçar a vida, mas não é fácil assim.

Enchi a cara mais do que devia na última vez. E nem é por ela. É por mim. É pelo tanto de dificuldade que eu sinto pra colocar uma pedra em cima das coisas e seguir por um caminho diferente desta vez. Ela tá feliz, então eu tô feliz por isso também, mas como as coisas vão funcionar para mim daqui para frente?

Não é possessão, o problema são os costumes que eu vou ter que perder. Não é por não ter ela, é por não ter ninguém e ter que reaprender a fazer tudo sozinho. Se fosse outro alguém não seria a mesma coisa também, mas não seria necessária a troca.

Dói isso porque eu me sinto diferente das outras pessoas, me vejo fora desse bando de gente que enxerga o mundo mudar de um dia para o outro e está bem duas semanas depois. Como se não houvesse uma vida inteira para se reconstruir ao redor do peito. Me sinto meio Ted Mosby do seriado How I Met Your Mother, tentando encontrar um final feliz que demora e demora e tarda mais um pouco a chegar.

Depois das noites em cárcere e de ver a luz do dia outra vez, eu sei que as coisas não serão como eram. Apesar disso, sei que vai ser melhor para mim. Mesmo que já não haja as mesmas fotografias no aparador da sala, mesmo que as garrafas da adega estejam todas vazias e eu tenha que refazer o estoque, mesmo que eu tenha que comprar talheres e copos e tudo novo de novo para mostrar pra mim mesmo que agora é vida nova, por mais que pareça tudo igual.

Fadado

Alívio foi a primeira coisa que eu senti. Depois veio uma fisgada aguda no canto do peito. Uma sensação soterrada na certeza de que é hora de começar a rever a história toda, episódio por episódio, até que o fim faça algum sentido e retire as âncoras todas do chão. Às vezes a gente nasce, às vezes morre. A única certeza é que sempre sobra alguma coisa dentro do peito depois de tudo.

Você me disse uma vez que não fazia ideia de onde as coisas iam dar e isso me incomodava. Ninguém sabe, acho, ninguém pode nos dizer. A única coisa que eu queria te falar é que percebia brotando calmamente em algum canto do lado de dentro da pele a mesma aflição. Uns minutos no metrô e eu me tornava só mais um deles. Uma olhada no celular e me percebia exatamente como cada um à minha volta. Só mais um alguém se trancando num quarto particular fedendo a mofo, morrendo de medo de encarar o mundo.

No início, carregava uma certeza imbecil de que desta vez seria diferente. Mas a verdade é que nunca deixa de ser igual, por mais que mude o enredo e as pessoas que fazem a história ganhar rosto. Quando acontece, parece que o mundo faz questão de colocar uma série de lembranças enfileiradas na nossa frente, passando uma a uma na frente dos olhos. Tentamos deixar de lado, olhamos em outra direção para ver se enxergamos alguma coisa que não nos faça lembrar dos dias em que tudo ia bem.

Nunca entendi a graça de amar alguém se não for para deixar alguma coisa pinicando do lado do peito quando resolver terminar. Que eu sinta uma dor absurda, mas não deixe de sentir alguma coisa bonita enquanto ainda existe algo. Que machuque no fim, sim, mas que a história compense a dor inteira enquanto insistir em arder.

Antes as coisas funcionavam de um modo, hoje já não funcionam mais assim. Cada um de um lado da vida, torcendo para que o destino não nos coloque de novo no mesmo caminho. Pelo menos por enquanto, pelo menos até tudo passar. Vou torcendo com todas as forças para que o silêncio não nos devore quando acidentalmente nos esbarrarmos.

O velho moinho da vida. Um dia as coisas vão, noutro voltam. Nem sempre com a mesma força ou a mesma intensidade de antes.

Senti alívio, sim, mas é por poder recomeçar, mesmo que as fisgadas sejam um pouco mais fortes do que o meu peito é capaz de aguentar. É hora de rever os episódios um por um antes de querer me jogar na vida. No fim, sobra isso. Um carinho bonito e uma vontade imensa de ser um alguém ainda mais honesto comigo mesmo do que tentei ser até aqui.

Quando você foi embora

JAMES BLUNT
GOODBYE MY LOVER

Quando você foi embora, troquei os quadros da parede de lugar, mesclando de um jeito desconexo pra tirar de mim aquela sensação de que foi aqui, nesta mesma casa, neste mesmo maldito cômodo, que você me olhou e disse que não dava mais. Troquei meus *drops* de menta por uns remédios tarja preta, em uma busca desesperada pra encontrar um jeito de sentir esse aperto agudo no peito doer um pouco menos. Senti a ficha cair e tirei a capa para parar de tentar ser o seu super-herói – ou o herói de qualquer um que seja –, porque eu já não conseguiria salvar quem quer que fosse. Ninguém consegue salvar alguém quando se sente completamente perdido e vulnerável por sentir demais.

Acho que é normal isso, essa coisa de se sentir perdido em um labirinto desconhecido quando arrancam um pedaço da vida da gente. Porque você era o meu recorte mais bonito no meio de uma rotina meio mofa, em um apartamento caindo aos pedaços no silêncio barulhento da Avenida Paulista. Não que o prédio esteja velho e a mobília esteja implorando por uma troca; isso tudo vai bem, obrigado. Eu que é me fecho aqui dentro agora e não abro a janela com medo de que o sol me cegue. Vivo em um cárcere privado, com o olhar fixo no olho mágico, esperando pra ver se você volta e bate à minha porta dizendo que se enganou, que tudo isso foi um desvio involuntário de rota e que o teu lar ainda é aqui.

Quando alguém vai embora da vida da gente, por mais que tenha ferido, por mais que a navalha tenha rasgado o peito de um jeito profundo demais para cicatrizar de uma hora pra outra e tenha magoado, a única coisa que queremos nos primeiros dias é que a pessoa volte, que faça um curativo na ferida dizendo que fica. O ódio e a negação demoram um pouco, só chegam quando a nossa autopunição em cárcere expira a validade. Antes disso vivemos de falta, com medo do mundo, com um pavor gigante de encarar a vida lá fora sozinhos. É que não há nada igual a você no mundo e eu não sei como vou encará-lo a partir de agora, não sei como vou lidar com os tropeços e os saltos da minha vida sem te ter para dividir cada mísera migalha. Não sei como vou fazer uma série de coisas porque aprendi a fazer cada uma delas com você.

Quando você foi embora eu troquei os quadros na parede de lugar, mesclando de um jeito desconexo pra tirar de mim aquela sensação de que foi nessa mesma casa e nesse quarto que você me olhou e disse que não dava mais. No começo eu não acreditei, a gente nunca acredita quando a pessoa da nossa vida vai embora quando tudo parecia ir tão bem – e nesses casos nenhuma justificativa nos parece crível. Mas uma hora a coisa toda passa. Passa um pouco a cada fresta da janela que eu abro pra deixar a claridade entrar, a cada vez que deixo o olho mágico de lado para olhar a vida da varanda com outros olhos, a cada vez que vou ao cinema e deixo os remédios tarja preta de lado pra tomar um cappuccino sozinho na padaria e descobrir que as coisas não são verdadeiramente feitas pra dois, não são completamente moldadas em você, a gente é que sempre dá um jeito de encaixar quem ama. Em cada vez que o vazio vai se tornando um pouco menos insuportável e a falta vai se desgastando. Porque eu sei que, por mais que eu procure, não existe outra de você no mundo. Mas ainda assim existe uma infinidade gigante de mundos nos quais eu posso esbarrar e encontrar um novo lar. Mesmo sem você.

Nada do que eu faça vai te trazer de volta

MARIA MENA
I DON'T WANNA SEE YOU WITH HER

Eu queria racionalizar as coisas que sinto e esboçar todas elas no papel, justificar todo pequeno detalhe que deixe marcado em algum canto o quanto eu me sinto perdido quando enxergo o mundo se movendo por esse lado. Bate uma falta de chão, falta de teto, falta do que dizer. Sobra só um peito pesado, a cabeça doendo e a vista embaçada pelas lágrimas nos olhos. Me sinto perdido e sem mapa, até tentei rabiscar umas coordenadas, mas não reconheço o lugar onde meus pés insistem pisar e não sei o porquê de ter que encarar você com ele como se eu não sentisse nada.

Antes tava tudo bem, mas agora existe um mundo inteiro de distância entre você e eu, e nada do que eu faça vai te fazer calçar os sapatos e perceber que já passou tempo demais, que a gente se enganou dessa vez também. Fico olhando a foto de vocês dois de um jeito doentio que faz o mundo inteiro estagnar por um segundo e desmoronar na minha frente. Tudo vira pó e vai tomando conta do ar. Tossir não adianta, chorar não adiantaria também. E essa é uma das coisas que mais me causa dor: nada do que eu faça vai te fazer sentir uma pontada tão incômoda quanto a que eu senti.

De repente, todo aquele amor adormecido e aquele medo absurdo que eu tentava deixar calado e que berrava que nunca voltaríamos a ser a gente despertam de um jeito covarde e sem aviso. E eu corro desesperado, tento fechar as portas e as janelas, tento te fazer entender cada uma das coisas que sinto e tento lutar para deixá-las caladas, mas não dá. Você não tem como enxergar o que guardo aqui dentro, nem tem como me fazer sentir menos. Essas coisas não dependem muito da gente, e só Deus sabe o quanto é doído ter que fingir pros outros que tá tudo bem.

Não sei o que faço. Já vi se tinha febre e medi a pressão. Tentei encontrar qualquer dor física que justificasse o jeito que o meu peito disparou no instante em que vi a foto de vocês dois num quarto de hotel. Você tava deitada ao lado dele e já não usava a minha camiseta, já não sorria do jeito que sorria comigo. Não conheço mais teus gostos, não reconheço mais teu jeito. E machuca pra cacete perceber que talvez você nunca mais volte a ser quem dividia as tarde de domingo comigo no sofá.

Esboço finais alternativos, construo diálogos imaginários em que você desminta as coisas todas que eu vi e sofro pra conseguir aceitar. Fico imaginando você pedindo desculpas e me explicando que acordou com aquela sensação chata de que tinha deixado um pedaço de si pra trás, tinha também me deixado pra trás. E agora eu só sinto frio. Frio e saudade. É tudo o que eu sinto.

Tento racionalizar cada uma das coisas pra ver se consigo colocar nessa cabeça dura que já faz tempo e que eu não posso reclamar do nosso não-futuro agora. Bate saudade, bate angústia, bate uma sensação doída de que nunca mais vou voltar a sorrir do jeito que sorria antes – assim como você também não sorri mais. As coisas desmoronam na frente dos meus olhos e sobe pó. Tudo vira fumaça. Não adianta tossir. Não adianta chorar. E eu juro que consigo sentir o silêncio mastigando cada uma das coisas que sinto aqui dentro, tentando me fazer entender que você passou e eu vou ter que reconstruir minha vida depois que a poeira resolver baixar.

O mundo inteiro lá fora

CALUM SCOTT
DANCING ON MY OWN

De repente, bate medo no exato momento em que olho pro céu e penso nesse tanto de coisas que nos separam e não dependem muito nós, sabe? Esse bando de gente e esse monte de prédios, meio mundo inteiro da porta pra fora que me impede de tocar no teu rosto e colocar o teu cabelo atrás da orelha. Me impede de reparar no desenho do teu queixo e nas rugas ao lado dos teus olhos, quase consigo enxergá-los quando fecho os meus, mas não é a mesma coisa.

Bate aquela agonia chata, uma sensação precipitada de que nunca mais vou te ver nem te tocar, que nunca mais vou me acostumar com o tamanho do quarto, porque cada pequena coisa é grande demais quando não tem você. Sobra espaço, brota um vazio no meio do chão e eu me sinto no meio de um deserto particular em que não tem os teus braços pra me oferecer abrigo. Você não imagina o quanto me sinto pequeno quando deito com a cabeça no travesseiro e não te vejo ao meu lado, quando estico o braço e só tem o lençol amassado com o desenho do teu corpo.

Vai subindo alguma coisa bem no meio da barriga, uma azia brava e uma vontade gigante de jogar tudo para o alto. Pelo menos desta vez, pelo menos até passar. Os ombros vão ficando pesados, como se o teto desmoronasse por cima da minha cabeça no exato momento em que fecho a porta do quarto e sobra um silêncio alto demais pra se escutar sozinho. Bate uma vontade gigante de berrar para ver se você escuta, de me esgoelar por dentro pra sentir alguma dor física que desvie o foco da sua ausência.

Desenvolvi uma mania estranha nos últimos tempos, algum costume que me faz organizar cada pequeno detalhe da casa em caixas, guardando num canto a saudade que eu sinto de você e a que finjo não sentir no outro, numa tentativa de fazer o meu peito entender que a falta não vai mudar as coisas no universo nem te fazer pegar um avião de última hora pra passar a noite aqui em casa. E passa pela minha cabeça o mundo inteiro da porta pra fora, cada minúcia cirurgicamente ajustada para te arrancar de mim.

Tá doendo aqui dentro porque eu lembro da chuva e do quanto o teu nariz se irrita quando o tempo muda, fico pensando em quem vai te lembrar de tomar o remédio antes de sair de casa, quem vai preparar cada uma daquelas coisinhas feitas pra te deixar um pouco mais segura no mundo lá fora. Cada pequeno detalhe que martela na minha cabeça, que não me deixa dormir sem antes olhar pras estrelas e pedir pra alguém lá em cima garantir que tudo vai ficar bem quando você acordar amanhã de manhã. Que tudo vai ficar bem enquanto o mundo me impedir de olhar nos teus olhos e dizer que tudo vai dar certo, por mais que o universo conspire para o lado contrário.

Dá uma inquietação enquanto eu olho para cima e fico torcendo pra uma estrela cadente ou um cometa qualquer despencar do céu e me permitir te pedir de volta. Bate uma saudade grande demais para aguentar na pele e carregar no peito enquanto não tem você. Fico imaginando quem vai lembrar de beijar tua testa antes de você dormir, quem vai olhar nos teus olhos toda santa vez que a noite cair lá fora e a música morrer aqui dentro. Será que o meu peito vai entender que desta vez não tem braços dados e tua cabeça no meu ombro na hora de dormir?

Cárcere

EVA CASSIDY
TIME AFTER TIME

Nunca tinha parado pra reparar em como tudo aqui dentro anda monocromático. Acho que este é o primeiro baque quando a gente decide tirar um tempo pra nós mesmos: perceber que a coisa toda já não tem mais cor e que, se precisamos nos trancar em um cárcere privado dentro de nós, é sinal de que as coisas lá fora não devem estar indo tão bem assim. E não estão. Pelo menos não desde que resolvi fazer as malas e organizar a nossa história em gavetas porque já não dava mais, já tinha desbotado e as tintas da parede já se esfarelavam.

É doloroso pra cacete perceber que eu perdi o apreço pelas coisas que sentia por você. Nunca parei pra ler os avisos sobre desgaste, sobre amores que se findam e terminam em pontos-finais mal colocados onde, na realidade, deveriam ser postos ponto e vírgula. Ponto e vírgula. A gente sempre foi assim, não foi? Umas pausas maiores que se aproximavam de um fim, mas nunca encerravam nada, sempre deixavam a continuação em aberto porque hora ou outra percebíamos que o mundo era cinza demais sem a natureza contraditória dos teus – ou seriam os meus? – olhos. E às vezes até errava na gramática, percebia que pontos-finais não servem só pra terminar histórias, mas também para abrir a possibilidade de escrever outras ou reescrever a mesma. Acho que foi isto o que faltou: tentar se reescrever, tentar dar a guinada na história que faz a gente se apaixonar pelo livro, que faz a gente se (re)apaixonar pelo personagem quando o enredo ficou pobre.

O fato é que esta é a coisa mais horrível e difícil de digerir que eu aprendi na vida: amores findam. É penoso pra caramba acreditar que não é mais a gente, que pela primeira vez um texto que eu escrevo não é sobre você. Até tentei encaixar as vogais e consoantes que formam teu nome na primeira frase, mas não encontrei espaço. Seria injusto pra caramba te inserir no meio de tanto cinza sabendo que a vida inteira com você foi colorida.

Mas tá tudo bem. Uma hora eu me acostumo com o quanto as coisas são monocromáticas aqui dentro, eu é que não reparei antes, enquanto ainda ia desbotando e perdendo a cor. Vou sentindo e digerindo o baque aos poucos, procurando por você nas gavetas, tentando encontrar um jeito de remediar a situação antes que eu me afogue. Porque eu só tô aqui por um tempo, tomando umas doses de consciência com sabor de vodca barata, deixando o coração mais apanhar que bater, usando da bebida para ajudar a garganta engolir a verdade mais crua que eu já ouvi.

Eu não consigo acreditar nisso, e me recuso a terminar este texto com ponto-final

Dor de cabeça

Já passou do meio-dia e só levantei da cama agora porque ligaram pra saber se tava tudo bem e não consegui mais pegar no sono. Corri para a despensa pra pegar um paracetamol – já que era a única coisa em casa que daria conta de diminuir a tontura – e resolvi forçar os cotovelos contra o concreto pra assistir ao mundo pela janela.

Não tá tudo bem. Por mais que eu guarde a aflição inteirinha para mim e resolva exclamar pros outros que tudo tá certo e a cabeça só dói porque exagerei na cerveja, eles também sabem que não vou bem. Dá pra sentir na maneira com que consentem de um jeito amigavelmente frouxo do outro lado da linha. Nem tentam mais ocupar a minha agenda e a minha cabeça com outras coisas. No fundo, sabem também que não depende muito da vontade deles, não depende de nenhuma das coisas que eu tome ou faça pra passar.

Tenho tentado desalojar as memórias aos poucos pra não sofrer com a despedida. Tento te mandar embora numa ordem de despejo lenta que leve. A saudade é uma companhia ingrata quando a gente tenta esquecer alguém. É um parasita sentimental que dá um jeito de fazer morada em cada uma das coisas que a gente resolva fazer. Resta engolir a seco, tentar não dar muita bola para a presença indesejada e torcer para que vá embora logo e não se esqueça de bater as portas.

Deixo um pouco de você num gole e outro tanto escorrendo pelo ralo em toda ducha fria que tomo para curar a ressaca. O sol forte tá aumentando a dor na cabeça e eu sei que voltar para a cama agora não vai adiantar muita coisa. Depois de um tempo, a gente percebe que a ressaca se torna muito pior quando sentimos falta de alguém. Não adianta tarja nenhuma e nem esperar o dia passar para acordar tudo bem amanhã. Ela é persistente e programada para passar aos poucos – ou não passar.

Meu medo agora é exatamente este: que não passe. Não a tontura, porque ela eu sei que vai passar no exato instante em que acordar de manhã, mas você. Você e essa saudade toda que carrego feito um fardo aqui dentro. Saudade que pesa e pressiona, fazendo a cabeça doer da testa até a nuca. Lateja tudo permanentemente lento, como se o choque da pancada fosse feito para não terminar e os músculos todos estremecessem de uma só vez.

Percebo que o ideal agora seria trancar um pouco de você ali na despensa. Ficar remoendo a saudade não vai diminuir a ressaca nem te arrancar da minha cabeça. E talvez arrancar não seja a melhor opção, é mais sensato que eu vá te esquecendo aos poucos e digerindo a história no processo.

Não tá tudo bem, mas uma hora vai estar. O remédio tá ajudando um pouco e o mundo voltou a girar um pouco mais devagar. Já consigo me manter de pé sem precisar apoiar o corpo e só sinto uma dorzinha chata no joelho por ter batido na porta ao sair do carro. Mas isso é o que menos importa agora. A cabeça ainda dói também.

Acho que não vou fazer nada e esperar a ressaca passar amanhã.

Vou esperar você passar um dia também.

O que eu faço com a promessa?

COLBIE CAILLAT
I NEVER TOLD YOU

Doeu quando passei pela barreira de segurança, pensei que tudo ia bem e que eu tava seguro, até que enxerguei você. Doeu quando levantei os olhos e te vi com ele, tentei procurar um esconderijo para não te deixar ver os olhos pesados e as olheiras, pra não deixar ninguém ver o que despertou de uma hora pra outra aqui dentro.

Doeu porque era para sermos nós dois ali, pelo menos foi isso o que você disse da outra vez. Era pra você ter ido arrumar o cabelo lá em casa, ter deixado as roupas atiradas em cima da cama pra a gente não se atrasar, era pra termos chegado quatro horas antes e sentado na frente do palco, esperando a noite cair e contemplando a multidão como se ninguém nos enxergasse ali. Era pra você ter cantado à capela no meu ouvido e subido nos meus ombros para enxergar melhor. Mas não é mais assim. Não é mais comigo.

Desmoronou tudo aqui dentro, veio abaixo toda uma certeza de que eu ia bem e não dependia de ninguém para me ver feliz. Bateu frio, bateu saudade. Os meus pelos nos braços arrepiaram e subiu alguma coisa gelada que vinha de dentro. Sou só eu e um festival de verão. Só eu e uma multidão que não entende a falta de ânimo e falta de vontade de quem assiste tudo de longe e pagaria uma fortuna pra não estar ali.

Meus amigos dizem para eu aproveitar a noite e que tudo vai passar. Dizem que podemos virar umas três doses seguidas no bar para ver se isso aquece a minha garganta e tudo o que congelou aqui dentro. Dizem que é melhor correr para não perder o próximo show e que a gente passa pra dar um mergulho no mar depois que tudo acabar, eles prometem, mas eu sei que nada disso vai ajudar. Nada disso vai passar uma borracha numa promessa que perdeu o prazo de validade.

Mas que saco, não queria ter visto você, não queria ter te visto com ele. Pelo menos não aqui, pelo menos não enquanto guardava a promessa no bolso sem coragem de jogá-la no lixo. Até então não teria você e nem melodia nenhuma sussurrada no meu ouvido, mas teria lembrança. Teria você na memória quando tocassem nossa música.

Passa tudo pela minha cabeça. A paixão, a vontade de ficarmos juntos, a promessa de que seria pra sempre, os ingressos que não chegamos a comprar, o ingresso que eu comprei com uma culpa gigante por não ter você. O que eu faço com a promessa agora, embrulho num papel e deixo guardadinha para não me esquecer dela no futuro ou jogo no lixo?

O que eu posso fazer é tentar desviar de você no meio da multidão e torcer pra não ouvir a sua voz quando cantarem sobre o teu sorriso no palco. Quando cantarem sobre a gente antes de tudo ter ruído.

Enfim, tudo o que posso fazer é torcer pra que a bebida dê um jeito de me aquecer.

Perguntaram de você

SILVERCHAIR
MISS YOU LOVE

Tô te escrevendo porque mamãe perguntou de você mais cedo, logo depois de eu ter jogado a mala num canto e ela ter percebido o tamanho do meu desapego e a falta de cuidado. Desconversei. Seis horas depois refez a pergunta durante o jantar. Não consegui esconder o rubor entre os dedos, nem a falta de fala. Queria ter contado tudo, mas não conseguiria.

Existe uma porção de coisas que não foram feitas para serem explicadas para os outros. Talvez ela sinta sua falta, talvez eu sinta sua falta também, mas como é que eu faço pra explicar pra ela e pra mim mesmo que você não vai voltar? Talvez não dê pra explicar nada pra ninguém.

Você já sentiu esse incômodo bravo de tentar entender e documentar todos os motivos que fizeram a gente chegar até aqui e não conseguir seguir em frente? É meio que aquela frustração disfarçada de esperança de que as coisas voltem a ser como eram. Um apelo involuntário que não decreta coisa nenhuma e alimenta a saudade de três em três horas. Uma vontade de se jogar para trás e tentar agarrar com os braços as coisas do passado para não deixar escapar. Pegar uma pinça e revirar a ferida, só pra sentir a superfície inteira arder outra vez.

Desconversei porque é sempre isso o que a gente faz quando arrancam a reação e as palavras das nossas bocas e a garganta trava. Quando falam do outro, começamos a procurar em volta pra ver se encontramos algum vestígio. Quando perguntam se tudo está bem, percebemos que as coisas todas em volta se tornaram escombros de algo que já começou a ruir. Quando perguntam quando a pessoa vai voltar, sentimos dentro do peito que a despedida já aconteceu.

Uma das coisas mais difíceis quando algum amor termina é a tarefa de fazer cada pequeno detalhe da nossa vida entender que não existe mais a outra pessoa por aqui. É tentar fazer as pessoas de casa e os amigos todos entenderem que nos tornamos singulares outra vez. É tentar fazer o nosso subconsciente parar de dobrar todas as coisas involuntariamente antes de se dar conta que nada mais é assim. Ela não vai voltar essa noite, como a gente faz pra aceitar isso sem sentir demais?

Eu poderia ter sido franco e ter dito que talvez as coisas sejam assim por um tempo, mas é doloroso pra caramba ser sincero com os outros e com nós mesmos quando a notícia é de que não teremos mais conosco quem um dia amamos. Talvez por isso eu tenha perdido a fome e forçado a comida para dentro da garganta. Talvez por isso eu tenha levantado cinco minutos depois para me trancar sozinho no quarto e sentir tudo de uma só vez.

Não tem muito o que fazer. Vai ser assim por um tempo todas as vezes em que me perguntarem de você. Eu vou bem e ela vai bem também. Mas a verdade é que as coisas não são bem assim. Por isso o desapego, por isso a falta de cuidado. Talvez minha mãe não entenda isso agora, talvez eu não entenda também. Mas existem coisas que não foram feitas para serem entendidas pelos outros nem pela gente. Por isso, talvez o melhor seja conviver com a esperança de que tudo volte a ser como antes.

UMA DAS COISAS MAIS DIFÍCEIS QUANDO ALGUM AMOR TERMINA É A TAREFA DE FAZER CADA PEQUENO DETALHE DA NOSSA VIDA ENTENDER QUE NÃO EXISTE MAIS A OUTRA PESSOA POR AQUI.

Nem todo mundo pode nos oferecer abrigo

ONEREPUBLIC
SOMETHING I NEED

São abrigos falsos que enxergamos em coisas que não foram feitas pra encaixar na gente. Oferecem teto, oferecem alicerce, oferecem chão. Permitem que nos redescubramos aos poucos, como se nascêssemos de novo ou como se nenhuma das coisas anteriores carregasse um sentido concreto o suficiente pra explicar o que sentimos enquanto achamos que encontramos a direção certa. Logo depois, tudo desmorona bem na nossa frente.

Noite passada eu tive um sonho desses que elucidam as coisas dentro da nossa mente. Acordei com uma coceira chata dentro da cabeça, tentando entender por que raios a gente enxerga no outro um porto definitivo para atracar nosso navio em fim de carreira? Por que motivo juramos que o outro tem estruturas fortes o suficiente para aguentar firme por si próprio e também por nós, oferecendo-nos um abrigo que somos incapazes de prover a nós mesmos? Deve haver algo de errado nessa dependência imediata.

Depois de um tempo, a gente começa a ter uma visão diferente sobre partidas e chegadas em nossas vidas. Baixar âncoras e precisar partir em seguida é uma das coisas mais comuns do mundo. Deixamos a carga que carregamos para trás e dizemos um até logo amigável. Mas às vezes gostamos de verdade da estadia e queremos ficar. É normal pra caramba enxergar no outro um farol definitivo, por mais que no meio dessa certeza instantânea de que não poderemos mais viver naturalmente sem o outro, saibamos que existe o *timing* e outra série de fatores que entram na equação.

Uma vez eu li em um livro que um porto não serve para nada além de ponto de partida e chegada para viagens longas como as que encaramos todos os dias. Isso me fez pensar, no meio dessa mescla desconexa de metáforas entre abrigos e oceanos, que talvez as pessoas com que esbarramos não são necessariamente moradas definitivas para cada um dos nossos sentimentos, mas albergues temporários que nos oferecem um pouco de esperança logo depois de a noite cair, nos fazendo acordar um pouco menos estragados para o mundo amanhã de manhã. Pensar isso é doloroso no início, mas depois de um tempo nos faz entender que o problema, quem sabe, não seja a gente.

Enxergar a vida desse jeito não me faz um sonhador menos esperançoso, por mais que pareça, porque eu acredito de verdade que é possível esbarrar com um sorriso e perceber de súbito que a vida seria impossível sem ele – ou pelo menos uma vida feliz, se olharmos de outro ponto de vista. E te digo que essa teoria cai por terra em toda santa vez que eu me apaixono por alguém. Acredito que existe amor pra cacete por aí, por mais que neguemos essa informação tantas vezes, tentando nos sentir protegidos do perigo de sentir demais. Existe poesia pra caramba por aí e eu poderia jurar que da última vez, quando encontrei abrigo no peito de alguém, senti que era definitivo, por mais que meu subconsciente soubesse que talvez não fosse bem assim.

Pensar dessa forma racional pode deixar a gente à beira da loucura, mas faz com que a dor das despedidas seja entendida um pouco mais rápido depois de um tempo. A procura por um teto, um alicerce e um chão definitivos – ou um porto, por que não? – continua. Porque, apesar de tudo, eu tenho certeza que, no meio desse monte de pessoas lá fora, existe uma moldada para cada pequeno detalhe que carece de abrigo aqui dentro.

E acredito que a vida seja, de fato, impossível sem ela a partir do exato instante em que meus olhos esbarrarem com os dela. Até lá, brindemos as chegadas e as partidas, afinal de contas, hora ou outra também seremos porto de alguém.

Você não merece

JOHN MAYER
GRAVITY

Uma vez, lá pelas duas da madrugada, você bateu aqui em casa e perguntou se tinha abrigo. Pode entrar, não repara na bagunça nem nos tênis jogados na escada. Não tem abrigo nenhum aqui, abrigo é tudo o que eu preciso agora, mas posso tentar ser pra você enquanto precisar.

Mexeu nas fotografias ao lado da televisão e eu só queria entender o suor brotando das palmas das minhas mãos. Queria construir alguma coisa que deixasse o vento batendo do lado de fora e não permitisse que o frio entrasse. O suor subia pelos pulsos e ficava um grude chato em cada uma das coisas que eu encostava, vou ter que pagar alguém para limpar antes do fim de semana.

Era quase manhã quando você pediu para ver o sol nascer. Eu tinha duas míseras horas de sono até precisar correr para não perder o horário do metrô. Por que você precisava aparecer logo agora, logo depois de eu ter apagado as luzes e largado o livro na cabeceira? Não sei, mas já não pensava em dormir, pensava em você.

Olheiras, por fim. Óculos escuros para disfarçar o tamanho do descaso de quem vira a noite acordado antes de dia de balanço. Fim de mês e fim da linha. Gritaria o dia inteiro no escritório e a cabeça rodando. Você lá em casa dormindo. Não sei se havia abrigo, não faço a menor ideia se a porcaria da tua falta de cuidado tinha ido embora, mas eu tava fodido com você.

Bateu raiva, sim, mas só três meses depois, quando apoiou os dedos no meu peito e baixou os olhos. Nem se preocupou em pedir desculpas antes de virar as costas, não teve uma migalha qualquer de dignidade para dizer que era a última vez. Bateu vontade de passar as mãos no aparador e atirar tudo no chão. Pegar o carro e bater à tua porta na primeira hora da manhã, enfiar o dedo na porcaria da campainha até você acordar e devolver o que esqueceu de tirar dos bolsos quando resolveu não voltar mais.

Custa muito um pouco de gentileza quando tudo o que eu faço é por você?

Outra vez, lá pela semana passada, quase um ano depois, deu uma vontade enorme de jogar cada uma dessas coisas na tua cara. Deixar de lado esse jeito coitadinho de levar a vida e mostrar que o buraco é um pouco mais embaixo por aqui e que pavio comprido tem início, mas também tem fim. Mas você não merecia isso, não merece coisa nenhuma que eu faça. Não merece que eu sinta falta de abrigo por não ter você.

Às vezes não depende da gente

Outra noite você deixou o casaco jogado na poltrona e me disse que talvez nem tudo desse pra ser assim. Me abraçou e agradeceu o encontro. Revirou tudo aqui dentro, demorou vinte e quatro horas para o universo voltar para o lugar e eu parar pra pensar em como tudo muda rápido demais e arranca o chão embaixo dos pés.

A gente sabe que o mundo muda o tempo inteiro, o difícil é lidar com as voltas quando elas arrancam um pedaço da gente. Alguma coisa bateu aí dentro e te fez perceber que a valsa nunca foi feita pra encaixar o teu corpo no meu e rodopiar até ficarmos tontos e rirmos de como todo mundo em volta não conseguia entender a sincronia. De repente alguma coisa berrou que talvez fosse hora de começar de novo, de tentar colocar cada uma das coisas no seu devido lugar de um jeito que nunca foi antes. Não tem mais espaço pra mim aí, por mais que tenha espaço pra você e tua mania de coçar os olhos aqui dentro.

Dá uma revolta particular, não é nada com você, mas cresce dentro do meu peito uma sensação nada compensatória de que, se as coisas tivessem sido diferentes naquela tarde de fevereiro em que a gente resolveu caminhar na praça, talvez nem tudo precisasse ser assim. Talvez a gente conseguisse levar isso por mais tempo.

Mania chata essa que a gente tem de achar que poderia ter mudado o rumo das coisas se tivesse agido diferente. Às vezes, não depende das coisas que a gente faz nem do tanto de esforço que colocamos para fazer o outro caber dentro de nós. Às vezes, a pessoa vira um marco na nossa vida, vira um fim de semana de carnaval que nunca vamos esquecer, vira um inverno inteiro cheio de cobertas empacotado na lembrança, vira uma esperança bonita de que conseguimos sentir alguma coisa boa outra vez.

Entender isso nos faz perceber que não podemos controlar a vida do outro, por mais que às vezes cheguemos a achar que conseguimos ser salva-vidas definitivos das angústias que o outro leva no peito. Vai ver a pessoa só precisava voltar para o mundo e a gente deu as boas-vindas para que ela se sentisse viva outra vez. Vai ver a gente foi mais importante do que pareça ter sido depois da despedida. Vai ver tudo o que vai restar para ela e para nós é uma marca definitiva de que a vida consegue ser maravilhosa se nos permitimos vivê-la.

É uma pena, eu sei, mas o mundo volta para o lugar no dia seguinte. Pessoa nenhuma consegue moldar nosso *timing* quando não é de um final feliz definitivo que precisamos agora, nem nós conseguiremos girar essa chave dentro de alguém. Ficam as fotografias embaixo de uma árvore e os pratos sujos dentro da pia. Fica a certeza de que seremos felizes com alguém, por mais que não tenha dado certo dessa vez.

Nem todo mundo marca a gente

Noite passada resolvi dar uma volta por alguma necessidade que ainda não consegui entender e para sair um pouco do espaço limitado que tem sido minha vida. Sabia que não iria adiantar muito, sabia que isso não mudaria nada e que hoje tudo voltaria a ser monótono. Mas valia o risco. Voltei para casa um pouco mais desacreditado.

A tal noitada fez com que eu esbarrasse com um pequeno romance de um passado nem tão distante assim. Oi, vou bem, tô bem, aham, já volto. Morremos nas apresentações. Não teve conversa, não teve carinho, não teve vontade nenhuma de dividir uma bebida qualquer e conversar sobre a vida. Não havia nada pra ser construído ali, nem um pequeno diálogo.

Quando encontramos qualquer figura conhecida do passado depois de um espaço de tempo é que entendemos o que realmente sentíamos por aquela pessoa.

Na época eu poderia jurar que era um desses amores calmos que chegam sem fazer estardalhaço e logo transformam a gente. Não durou muito, mas depois de passar pela despedida silenciosa do afastamento gradual, ainda assim poderia jurar que havia um pouco de amor ali. Não havia. Se houvesse, talvez sentisse alguma coisa no tal encontro na balada. Mas não senti nada além de uma vontade gigante de sumir dali pra não deixar a música apressada devorar a gente.

De vez em quando tentamos construir alguma coisa com alguém para preencher algum vazio dentro da gente. Foi assim com ela, fui assim pra ela também. Não tem muito que fazer. A falta de afeto só confirmou o que nós dois já sabíamos. Não passamos de dois ou três jantares e umas garrafas baratas de vinho que nunca agradaram paladar nenhum. Não adiantaria mais uma taça, o álcool não faria efeito. Não faria diferença ter acertado o ponto do risoto no jantar, aquele amor inventado não serviria pra alimentar coisa nenhuma dentro dos dois.

Há pessoas que marcam a gente, mas há pessoas que simplesmente não deixam marca nenhuma. O que importa, no fim, é que só nós saberemos como lidar com essas marcas ou com a ausência delas. O que importa é o jeito com que levaremos a vida até reencontrar o caminho de volta pra casa.

Apesar da descrença e do dinheiro gasto em vão, a noite foi suficiente para que eu confirmasse um pensamento que carrego há um tempo aqui dentro: nos colocarmos de novo no campo de batalha dos relacionamentos tem muito mais a ver com o que sentimos agora do que com as pessoas com as quais esbarraremos daqui pra frente. Ela era legal, os gostos batiam, mas não daria certo. Outra dúzia de pessoas poderia encaixar perfeitamente em cada uma das coisas que carecem de cuidado aqui dentro, mas não adiantaria também. A batalha é inteiramente minha.

Quando esbarramos com alguém que deixamos no passado, finalmente entendemos o que sentíamos pela tal pessoa. Às vezes nos enganamos no meio do caminho, não existe problema nenhum nisso. Nesse caso e em todos os outros, não adianta forçar nada, não adianta atirar pessoas para dentro de nós nem sair de casa para aliviar sei lá o quê. Não adianta tentar forçar afeto. Quando for a hora, encontraremos o caminho de volta.

Pessoa nenhuma fica no nosso passado

BOYCE AVENUE
SPEED LIMIT (ACOUSTIC)

Às vezes paro pra pensar em como a vida vai tomando uns rumos engraçados vez ou outra, no tanto de coisa que negamos num dia e abraçamos no outro, no tanto de saudade que sentimos hoje e não lembramos amanhã, no tanto de presença que juramos que é pra sempre e que vira falta na manhã seguinte. Eu sou assim com você.

Teve um tempo em que eu acordava e passava pela rua da tua casa com a certeza de que nunca iria esquecer. Acho que o ato imediato de todo mundo que vai deixando alguém que ama ir embora é revisitar a memória. Hoje passo na praça do primeiro encontro, amanhã deixo um pouco de mim na esquina da tua rua. Ainda acho que a gente não esquece ninguém, não tem como passar borracha nenhuma no passado porque a vida vai pintando a pele, como marcas de guerra, com três listras no rosto para encarar o combate. Acho mesmo é que vamos desviando o foco, um dia no segundo plano, no outro minha lente fotográfica já não captura mais você, por mais que esteja ali. Você sempre esteve, por mais que eu não visse.

Era você na cabeceira quando larguei a carteira aberta e o celular quase sem bateria e tentei encontrar um motivo plausível ou uma angústia que justificasse a bebedeira. Era você quando comprei um livro com capa bonita e que falava de algum fim, parei de ler no quarto capítulo porque era forte demais para quem carrega uma ferida aberta no meio do peito. Era você quando peguei uma tela em branco e soltei a lata de tinta para ver se formava alguma arte, para ver se inspirava alguma poesia e eu podia jurar que dois pingos negros no canto da tela tinham o formato exato dos teus olhos. Era você quando finalmente consegui terminar meu TCC e quis ligar para alguém, quis reportar a felicidade para qualquer pessoa que desse bola para o jeito como me sentia, mas não conseguia encontrar nome nenhum com o qual eu quisesse ser feliz na lista de chamadas recentes.

Olho para o espelho e enxergo as marcas. Você riria, acharia brega a tinta verde escura, diria que nunca combinou com meu tom de pele e com o meu sorriso amarelado. Você diria que a tinta borrada esconde as minhas covinhas e que eu perco um pouco do charme sem elas, pintaria o próprio rosto pra ver se ficava engraçado. Você queria era rir da vida comigo. Vestiria um macacão camuflado pra me dizer que, se for para lutar, que seja com alguém do lado. Me faria sorrir de um jeito que só aprendi com você. Ligaria a luz do espelho para me ver melhor, para me enxergar de perto, pra ajustar o foco e pra me fazer acreditar que as coisas não vão embora da nossa vida por algum motivo.

No fundo, a gente não esquece ninguém nem passa borracha nenhuma no passado, só desviamos o foco. O carinho, o afeto e a ternura sempre estão ali, por mais que não enxerguemos. Assim como você.

Ela não ama você

ADELE
ALL I ASK

Em situações extremas em que o palpável foge do nosso controle, temos o costume de alterar a realidade. Logo antes de o mundo desabar na frente dos meus olhos, numa espécie de faca cravada na minha esperança, a única coisa que passava na minha cabeça era o filme daquela quinta-feira de novembro em que a gente se esbarrou na fila do cinema. Sessão das onze, quase ninguém na sala.

O *flashback* passou no exato momento em que eu senti um tiro de calibre incalculável atravessar o meu tímpano. Foi um "ela não ama você", que fez o meu mundo inteiro se desfazer e reconstruir em questão de segundos, numa espécie de purgatório sentimental que se tornou o universo a partir dali.

Tenho um costume particular de lidar com fins. Logo depois de ver tudo acabar, tenho a sensação de que o mundo não vai amanhecer no dia seguinte. Sofro umas três madrugadas, preciso tomar medicamento para dormir. Pareço um zumbi pela nitidez com que as olheiras são vistas de longe. Quatro dias depois está tudo bem, como se eu tivesse esgotado todo o sentimento ruim de uma só vez. No entanto, não consigo apagar nadinha da memória.

Inicia então uma viagem particular que passa por cada um dos pedaços do meu peito. Parece que a saudade se acomoda num canto até ser esquecida por ali. Parece que a sensação de que o mundo iria acabar dá lugar a uma supernova que me faz enxergar a realidade de outra forma. Parece que as outras pessoas continuam sendo desinteressantes, mas isso vai mudando aos poucos com o tempo. Só não muda a lembrança chata que aparece todos os dias.

Me sinto preso em uma comédia sentimental que só diz respeito a mim mesmo. Consigo passar pela tal pessoa sem sentir como se uma arma estivesse engatilhada e apontada pro meu peito, pronta pra rasgar tudo ali dentro. Consigo desejar que a pessoa seja feliz do jeito que sentir que deve ser e que eu tenho que dar jeito nas coisas aqui dentro. Me sinto mais preso ao sentimento que eu cultivava do que à própria pessoa em si.

Ainda assim, me lembro bem do tal filme e da pisada que eu dei no pé dela enquanto a gente saia da sessão. Ela não me ama, mas eu ainda consigo reviver cada um dos momentos dentro da cabeça quando tudo parece longe demais para as minhas mãos alcançarem.

Sobra eu e esse cenário dantesco que me envolve e me aprisiona.

No fundo, eu só espero que ela encontre alguém para amar. Eu só espero amar alguém de novo também.

A gente não teve fim

A única certeza que tinha quando desliguei o carro na garagem e pisei no primeiro degrau da escada, ainda a caminho do quarto, era que nada seria como na noite anterior. Não seria o mesmo modo de fechar os olhos e tentar pegar no sono, não seria o mesmo jeito de deixá-los abertos e encarar o nada que se projetava no campo de visão.

Uma das coisas mais importantes na vida para mim sempre foi entender ciclos. Início, meio, fim. Nem sempre um justifica os outros ou aparece no exato instante em que não dá para continuar como se está, mas acontece inevitavelmente. Num dia somos uns, noutro dia somos outros totalmente diferentes. E ainda assim existem coisas que insistem em não passar.

Pensei nisso depois de esbarrar com ela na fila do banco. Parecia tudo bem, parecia tudo certo demais até eu precisar baixar os olhos e fingir que nada estava acontecendo. Tentei botar na cabeça que as coisas já não são assim, experimentei olhar em volta para ver se enxergava alguma coisa lá atrás, mas não consegui encontrar um fim. Saí de lá com uma sensação estranha difícil de explicar.

Quando alguém vai embora de nossas vidas, uma das coisas mais difíceis no meio do turbilhão de acontecimentos é entender em que momento foi que tudo ruiu. Não marcamos no calendário, não conseguimos zerar o cronômetro no instante em que acontece. Nunca é de uma hora para outra.

Meus amigos falam para eu esquecer, insistem que o passado não merece tanta atenção assim. Minha família diz que uma hora perceberei qual foi o exato instante em que acabou e o que trouxe a gente até aqui. Mas as coisas não são tão fáceis assim. Não existe maneira menos doída de fingir que nunca aconteceu.

Quando desliguei as luzes, lembrei que ainda tinha um pouco dela nas gavetas da cômoda. Arranquei os objetos, coloquei embaixo das cobertas para dormirem comigo, revirei cada um deles para procurar o maldito fim que não acompanhou o início e o meio na cronologia. Mas não existia ponto final nenhum ali.

Algumas coisas, só algumas, talvez não tenham sido feitas para passar. Passa o tempo, passa a gente, mas fica alguma coisa que permanecerá conosco enquanto existirmos.

Talvez, também, o amor seja uma dessas coisas.

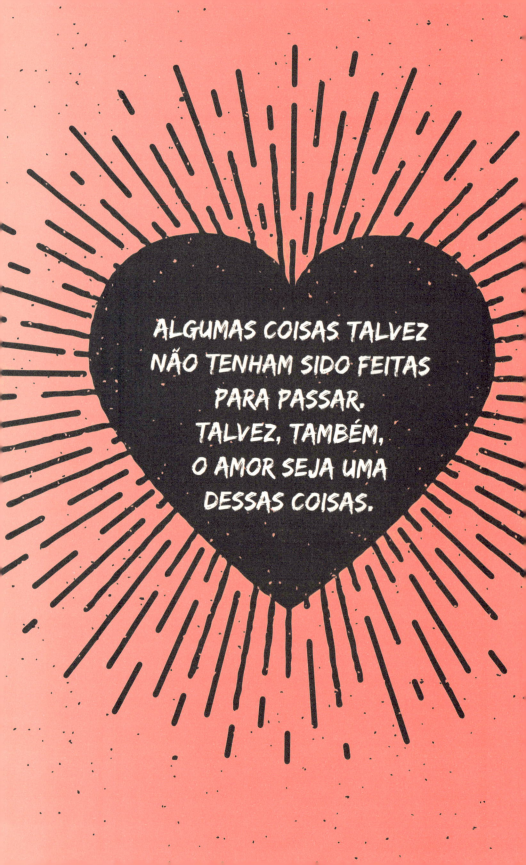

Sonhei

Sonhei com ela na noite passada. Nunca soube explicar esses fenômenos que fazem a gente lembrar da saudade, mas tenho pensado mais nela nos últimos tempos. Tenho pegado as fotografias e revirado um bocado de memórias de uma madrugada de dezembro em que fugimos de casa e fomos nos aventurar no parque. Tenho virado as páginas do calendário e revisitado a manhã de primavera em que a conheci.

Teve um dia em que ela colocou a mão nas minhas costas e disse que eu parecia um homem bom, disse isso no exato instante em que colocou a cabeça no meu peito e me apertou forte. Deu uma vontade gigante de nunca mais sair dali. Uma vontade enorme de continuar sentindo as mãos pequenas atravessando meu tronco e me segurando como se o mundo inteiro fosse acabar lá fora. Uma hora iria, uma hora vai.

Eu me lembrei dos sorrisos quando acordei, do dia em que a gente parou o trânsito num abraço demorado que ignorou a abertura do sinal, da festa em que eu não consegui dançar e fiquei olhando o modo dela de rodopiar como se o mundo se resumisse àquela música. Lembrei do exato instante em que tranquei as portas do carro e prometi que ficaríamos seguros até chegar em casa, que eu nunca mais ia deixar ninguém nos invadir se não fosse pra fazer bem.

Logo depois de acordar, corri para baixo do chuveiro para ver se dava um jeito de acordar as coisas aqui dentro. Bateu vontade de deixar tudo adormecido e voltar a dormir, voltar uns meses no tempo e fazer as coisas todas serem um pouco diferentes dali pra frente. Veio na memória uma série de pessoas que nunca foram ela, que nunca passaram as mãos por baixo dos meus braços nem me seguraram no meio da esquina da Salgado Filho com a Borges de Medeiros, que nunca me levaram para ver as flores mesmo que já fosse madrugada.

Quando anoiteceu, eu não conseguia pensar em coisa nenhuma diferente disso. Deu vontade de ligar pra ela e perguntar da vida, deu vontade de chamar um táxi e bater à porta, por mais que a gente já não viva na mesma cidade. Deu uma vontade gigante de caminhar pela praça e fechar os olhos, sentar no meio-fio pra ver os carros passarem e observar só mais dessa vez o desgaste da tinta na faixa de pedestre.

Sonhei com tudo voltando a ser como era pouco antes de deitar para dormir outra vez. Aproveitei pra desejar vida boa pra ela numa prece particular que pedia segurança, que pedia para que ninguém conseguisse abrir as portas do peito dela se não fosse para fazê-la feliz. Que pedia as mãos dela me segurando e acariciando as costas mais uma vez.

Eu só consigo te querer bem

Três meses antes a gente tinha dividido um café e passeado no parque durante a madrugada. Não parecia tanto tempo assim, mesmo que tenha passado uma eternidade e eu tenha observado cada uma das movimentações do relógio. Tinha a sensação de que nada havia mudado, nada nunca muda enquanto estamos na espera.

Foi logo depois do café que a voz rouca rompeu um turbilhão de coisas aqui dentro. A sensação era a mesma de ter alguém gritando ao lado do ouvido. O baque no início, o zumbido insistente depois de a frase terminar. Não seríamos mais nós dois, me disse com uma piedade gigante no olhar, não seria mais com ela. Uma hora isso precisaria passar e eu teria que aceitar. Não podia deixar uma série de sentimentos se atarem em nós cegos aqui dentro.

Passei por ela no fim de semana passado. Olhei dentro de mim para atestar que não doía tanto assim, para saber se poderia seguir a vida como quem ainda acredita que tudo volta a ficar bem. É tempo de vida nova, hora de ser um pouco mais para mim outra vez – dizia para o reflexo no espelho. Hora de descobrir o mundo ou deixar ele me descobrir desta vez. Se eu me perder por ele, que seja por um encontro. Se eu me encontrar por aí, que seja por me perder em alguém.

De vez em quando encontramos pessoas boas demais no meio do turbilhão, que não deixam marcas insistentes dentro da gente, pelo menos não para fazer mal. Deixam lembrança, deixam as noites de quintas-feiras em que matamos aula na faculdade para pegar a sessão das oito do cinema, o almoço de segunda-feira em um restaurante qualquer para não precisar requentar a vida outra vez. De vez em quando nos fazem bem e os queremos bem de volta quando resolvem terminar. Sou assim com ela, por mais que tenha demorado pra ficha cair.

Depois do passeio no parque, deixei-a no ponto de táxi, mesmo que fosse bandeira dois, já que ela sofre de um medo chato de ser invadida por alguém outra vez. Não parecia um receio sensato para mim, por mais que eu entendesse. Não seria eu que conseguiria romper isso agora, mas uma hora alguém iria. Tinha a sensação de que nada mudaria dali em diante, mas me enganei. Mudou coisa pra caramba e hoje eu sou do mundo, e ela também é. Só não mudou o desejo que eu tenho de vê-la sorrir toda vez que paro pra pensar na vida e no tanto que a gente se permitiu crescer até aqui.

Hoje eu acordei um pouco mais meu

KATY PERRY
ROAR

Encaro a parede e os retratos no aparador como se fitasse o esboço do nada em um horizonte distante, misturando tudo em uma aquarela sem cor que tem sido suficiente para colorir o meu mundo. Sinto como se tivesse todos os objetos encaixotados e as roupas separadas por cor, como se tivesse ganho, de uma hora pra outra, uma mania estranha de organização que me faz repudiar a bagunça e tudo o que sinto por quem quer que seja. Acho que existe algo errado quando a gente sente alguma coisa por alguém e começa a achar que tudo está absolutamente em ordem, como se não faltasse nada aqui dentro pra ser preenchido.

Não é que eu tenha pego no sono noite passada e acordado imune a todo e qualquer sentimento desses que faz a terra embaixo da gente tremer meio grau na escala Richter. Não é que eu tenha batido a cabeça e ficado maluco, tenha decidido deixar as coisas todas do meu passado do lado de fora da porta antes de me trancar em um ambiente escuro e sem vista pro mar. Não acordei cheio de amor próprio, com aquele discurso clichê idiota de tentar enganar os outros e a mim mesmo dizendo que não dependo de ninguém e nunca dependi. Não é capricho, nada disso. Continuo dependendo de uma centena de milhares de coisas pra me sentir seguro aqui dentro. Só aconteceu de eu acordar um pouco mais meu.

Veja bem: eu tenho a mania de colocar o despertador no modo soneca umas cinco vezes antes de levantar. Até tento adiantar o primeiro sinal, mas ainda assim sempre me atraso. No primeiro ato consciente do meu dia, pego o celular para conferir se tá tudo bem com você, se tá tudo bem com ela ou quem quer que seja que tenha entrelaçado os dedos nos meus numa balada qualquer no fim de semana. Essa é a maneira que eu encontro de atestar que tá tudo bem com o mundo inteiro a minha volta. E me puno todas as vezes em que esse alguém dormiu mal ou acordou por um pesadelo qualquer e não me fiz presente para dar conta da angústia brotando no peito. Só que hoje não.

Hoje eu decidi levantar no primeiro sinal e até consegui pegar o fim do noticiário da manhã depois de um banho gelado. Lembrei de ter esquecido o celular na cabeceira quando terminei de virar o último gole de café e percebi que a gente consegue estar disposto quando se permite, mesmo que tenha dormido menos do que na noite passada. Fiz o resto dos meus movimentos programados, continuei com as pernas inquietas em tempo integral embaixo da mesa e trapaceei fazendo só a metade da última série na academia porque eu nunca arrisco acordar com o corpo dolorido no outro dia. Só pra atestar que tava tudo bem e que a minha mania de tentar ser o super-herói de alguém o tempo todo não muda em porra nenhuma o jeito com que as coisas se movem no universo. Tentei ser um super-herói – mesmo que fajuto – de mim mesmo, pelo menos por hoje.

Uma das maiores violências que cometemos conosco é a de nos projetarmos tanto em alguém, de pensarmos tanto em alguém enquanto tentamos inserir tal pessoa na nossa vida que acabamos por nos esquecer de viver por aquilo o que somos ou queremos. Como se nos trancássemos numa sela improvisada em que o outro pode fazer da gente o que quiser sem que percebamos a vulnerabilidade e o tanto de nós mesmos que estamos deixando pra trás.

Hoje eu acordei mais cedo e percebi que a gente consegue salvar o próprio mundo quando deixa pra lá a utopia dolorosamente bonita de tentar ser o super-herói de alguém. Não é que eu tenha acordado com um coração de pedra, cheio de amor próprio, com aquele discurso clichê idiota de tentar enganar os outros e a mim mesmo dizendo que eu não dependo de ninguém e nunca dependi. Continuo dependendo pra cacete de cada pessoa e de cada amor que passou pela minha vida. Só aconteceu que eu acordei um pouco mais meu e decidi mergulhar um pouco mais em mim. Talvez amanhã eu acorde procrastinando de novo as obrigações, pegue o celular no primeiro ato racional do meu dia só pra atestar que tá tudo bem. Mas até lá eu vou reaprendendo a amar cada parte de mim que deixei pra trás quando resolvi projetá-las em alguém. Acho que todo mundo deveria se sentir assim de vez em quando. Pra conseguirmos amar um pouco mais nós mesmos e entendermos o quanto dependemos dos outros. Só assim será possível alcançar a compreensão de todos os motivos que nos fazem amar quem quer que seja.

Primeiro um amor, depois outro

TOM ODELL
ANOTHER LOVE

Uma das máximas mais bonitas que conheci durante a vida foi a de que a gente precisa viver um amor depois do outro. A cronologia é dolorosa às vezes, faz com que deixemos uns pedaços importantes de nós mesmos pra trás – ainda que sejam as nossas partes mais bonitas. Deixamos os detalhes, nossos modos de falar e lidar com as coisas, cada pequeno pedaço do que fomos com o outro para nunca mais retomá-los. Sobra nosso lado ogro, nossa metade crua, como se lixassem nossa pele e ficássemos em carne viva, sentindo a dor em tempo integral até o dia em que melhora um pouco. Mas a cronologia é bonita também.

Nós somos resultado de cada um dos amores que tivemos. Cada pessoa que passou pelas nossas vidas é parte determinante na nossa maneira de lidar com as coisas. Depois que um amor vai embora, sobram os gostos, os filmes que a gente viu juntos, a literatura compartilhada, a mania de ligar pra saber como foi o dia, o costume de tirar as meias e esquentar os pés nos do outro na hora de dormir. Depois da despedida, nos parecemos mais com o outro do que com nós mesmos. Vamos encaixando cada pequena coisa com a maneira alheia de ver a vida. Nos esquecemos num canto pra viver de recortes alheios programados para preencher nossas lacunas incompletas.

Por esse motivo é que precisamos aprender a lidar com os amores passados das nossas vidas e das vidas com as quais ainda vamos esbarrar.

Quando amamos, deixamos de ser inteiros para virar recortes do outro. Um amontoado gigante de maneiras diferentes de acordar de manhã e preparar um café pra dois. Um tumulto de diálogos revividos dentro da cabeça todos os dias. Uma maratona de séries não espaçadas de amor e dor que fazem parte do dia a dia quando a gente se permite amar. O jeito de chorar e limpar a lágrima no canto do rosto, a forma com que pressionamos a face no travesseiro pra sentir tudo passar.

Deixar um amor para trás é deixar uma lista inteira de trejeitos para serem refeitos dentro da gente. A próxima pessoa que fizer estadia no nosso peito vai nos ensinar uma maneira nova de enxergar cada uma das coisas que víamos de outra perspectiva até então. Vai nos apresentar um mundo inteiramente novo para que façamos uma expedição e encontremos beleza em um universo que não imaginávamos existir. E é nesse exato ponto em que precisamos aprender a contrastar o passado e o presente para que as coisas deem certo para os dois.

Aceitar os amores que fizeram parte da gente e da vida de quem amamos é fundamental para que possamos fazer a coisa dar certo dessa vez. A outra pessoa não pode apagar o meu passado, eu também não posso apagar o dela, então que peguemos esse amontado de coisas e tentemos construir um futuro um pouco mais feliz na próxima vez. Que possamos tirar proveito da bagagem adquirida nos dias cinzas e nos dias felizes que vivemos para garantir uma vida com mais sorrisos do que choros soluçados daqui pra frente.

Viver primeiro um amor, depois outro, é um crescimento fundamental para que um dia possamos ser felizes e fazer alguém feliz também. Chegará o dia em que encontraremos um amor que não vai precisar ficar no passado, um amor definitivo. Até lá, que possamos reconhecer que o resultado da equação de todos os nossos amores é fundamental pra que saibamos quem realmente somos.

Última nota

Sabe de uma coisa? A gente nasce e morre uma infinidade de vezes durante a vida. Em alguns momentos nos encontramos sufocando, com dificuldade para respirar, precisando colocar um mundo de coisas para fora do peito. Em outros, nos vemos de frente para um universo novo, com um amontoado de oportunidades implorando para nos fazer felizes.

O que nos faz melhores, no meio do caos, é o aprendizado que tiramos disso.

Eu morri muitas vezes enquanto escrevia esse livro. Chega a ser engraçado ler cada uma das palavras aqui impressas, porque, bem, elas falam mais sobre mim do que minha própria boca. Alguns amores foram vividos entre o início e o fim desta obra. E o mais duro no caminho foi ter que olhar para trás quando tudo parecia ruir e perceber que talvez eu nunca voltasse a ser quem eu gostava de ser.

Mas acontece que a gente sempre se encontra na vida de novo.

Por mais que não pareça, o universo nos abraça quando tudo dentro do peito parece ruir.

Você provavelmente já passou por um momento exatamente como esse. Quando tudo ameaça desabar, a sensação que fica é a de que cada pequeno fragmento vivido valeu de nada. No milésimo de segundo em que a fisgada no peito é mais forte que o sentimento, parece que a vida não passa de um buraco negro moldado para nos engolir.

O problema é que a gente prega demais por aí que o passado não importa tanto assim e é melhor deixar o futuro para depois.

Falta um pouco de sinceridade consigo mesmo. Todas as coisas pelas quais passamos são parte daquilo o que somos hoje. Colocamos esforço demais em situações que precisam apenas de nossa conformação. Corremos o mundo em vão quando já sabemos que nada do que fizermos resolverá a vida como está.

Por isso, o que eu faço hoje em dia é abraçar um pouco mais as pessoas que eu amo, porque já não sei quanto tempo tenho para respirar. Dedico um pouco mais de tempo para tentar fazer o bem sem esperar ser correspondido, porque é só isso que eu vou levar quando precisar cruzar uma porta outra vez. Coloco cada fibra do meu peito nas coisas que eu faço, porque se tudo der errado, pelo menos vou saber que amei.

E eu ficaria imensamente feliz se você começasse a reparar um pouco mais nesses detalhes a partir de hoje.

O que precisamos fazer às vezes é parar de olhar um pouco para dentro de si e começar a reparar um pouco mais nas coisas em volta. Amor nenhum consegue suportar a tortura do claustro de viver somente dentro da gente.

Se sentir vontade, manda mensagem para alguém que você quer bem quando terminar este livro. Se sentir que deve, coloca para fora da garganta todo amor que estiver entalado aí dentro. Se existir alguma gota de remorso, deixa estar. Hora ou outra ela se converte em amor também.

Certa vez me disseram que amar não valia a pena.

Mas se não fosse por amor, eu e este livro não existiríamos.

Júlio Hermann

Agradecimentos

Primeiramente, agradeço a Deus, por ter me dado o dom da escrita e por ter sido fiel mesmo quando eu não fui capaz de perceber Sua Grandeza e Compaixão em minha vida.

A meus pais, Cleusa e Celso, por todo o apoio na construção desta obra e em cada uma das decisões da minha vida. Sem o amparo e interesse de vocês, nunca teria chegado onde cheguei e jamais seria quem sou. Eu amo vocês e espelharei minha vida inteira em seu exemplo.

A minha irmã, Diana, meus avós Beatriz e João Ilário, e todos os parentes com os quais mantenho contato. O carinho de vocês foi determinante para que eu continuasse a escrever. Só quem vive de arte sabe a importância do incentivo de quem se ama.

Ao meu Anjo da Guarda, por ser uma voz insistente na minha cabeça e por me defender nas batalhas que preciso encarar.

A Monika Jordão, por ser uma irmã que a literatura me deu e por ser a leitora crítica desta obra. Se hoje ela pode ser lida, é porque o teu olhar um dia passou por essas palavras. O amor que eu sinto por ti é um dos sentimentos mais verdadeiros que cresceram em mim nos últimos anos.

Ao Matheus Vargas, por ser meu braço direito na criação de conteúdo nos meus perfis nas redes sociais. Ao Zaca, por todas as viagens e conversas que me fazem crescer a cada dia. A Maria Betanea, por ser uma amiga incrível e minha companheira na leitura da maioria das obras que me inspiram.

A todos os meus amigos. Da época de escola, da universidade, da comunidade Ars Dei, do trabalho, do Fifão, do Cartolagens, da literatura e da vida. Cada um de vocês é responsável por uma parte daquilo o que sou. Apesar de não estarem escritos aqui, vocês sabem que estão marcados em minha vida.

Aos padres que me dão o amparo espiritual necessário para continuar. De modo especial meu diretor espiritual, pe. Filipe Mirapalheta.

A Faro Editorial e ao Pedro Almeida, especialmente, por terem acreditado no trabalho de um guri tão jovem e por me receberem com tanto carinho. Sem o trabalho atento de vocês, essa obra não seria cinquenta por cento do que é.

Ao Daniel Bovolento, por assinar o prefácio deste livro e ser uma referência antes mesmo de abrir as portas do *Entre todas as coisas* para que eu pudesse alcançar cada vez mais leitores. Ao Bryan Gabriel e ao Paulinho Rahs, por também terem dado espaço em seus portais para mim e para quem me lê. Sem a oportunidade que vocês três me deram eu não seria capaz de trazer tantos sonhadores comigo.

Aos meus leitores sempre amorosos, que aumentam em número todos os dias desde 2015 e que não me deixam desanimar com as mensagens de carinho que me enviam. É para vocês que eu escrevo. E meu coração descompassa em uma alegria genuína em cada vez que eu converso com vocês. Obrigado por serem carinhosos nas ruas e nas redes sociais. Sem a resposta sempre imediata de vocês, eu não estaria aqui.

A você, que lê esta obra. Espero que todas essas palavras cheguem a você tão sinceramente quanto saíram de mim. Conto com o amor e a indicação de vocês para alcançar cada vez mais leitores.

Um obrigado especial ainda a todos aqueles que acreditam na literatura nacional e levantam sua bandeira por aí. Sem os blogueiros, *youtubers*, editores e leitores que acreditam em nosso trabalho, jamais continuaríamos a produzir conteúdo.

Por fim, um agradecimento inundado de carinho aos amores que passaram pela minha vida. Vocês sabem quem são e vão se identificar nos trechos deste livro. Sem os passeios nas ruas e praças, os cafés, as madrugadas viradas e o carinho que vocês sempre me permitiram perceber em seus olhares, nenhum desses textos existiria.

É o que continuo sentindo por vocês que ficará para sempre eternizado nessas páginas.

LEIA TAMBÉM:

O GAROTO QUASE ATROPELADO
Vinícius Grossos

Um garoto sofreu com um acontecimento terrível.

Para não enlouquecer, ele começa a escrever um diário que o inspira a recomeçar, a fazer algo novo a cada dia.

O que não imaginou foi que, agindo assim, ele se abriria para conhecer pessoas muito diferentes – a cabelo de raposa, o James Dean não-tão-bonito e a menina de cabelo roxo – e que sua vida mudaria para sempre!

Prepare-se para se sentir quase atropelado de uma forma intensa, seja pelas fortes emoções do primeiro amor, pelas alegrias de uma nova amizade ou pelas descobertas que só acontecem nos momentos-limite de nossas vidas.

Estar vivo e viver são coisas absolutamente diferentes!

ASSINE NOSSA NEWSLETTER E RECEBA
INFORMAÇÕES DE TODOS OS LANÇAMENTOS

www.faroeditorial.com.br

ESTA OBRA FOI IMPRESSA
EM DEZEMBRO DE 2022